JN069583

〔目次〕

はじめに……3
〈凡例〉……8
〔一〕俳句の径　高野山……9
春のざわめき……10
夏から秋へ……23
冬、そして新年。……54
〔二〕エッセイ・旅と時間と……77
(ⅰ)青龍寺と高野山―恵果阿闍梨から空海へ―……78
(ⅱ)白頭を悲しむ翁に代わる―歌集『中原の風』から『子規のうたごゑ』まで―……83
(ⅲ)牡丹の花―白居易と蕪村と子規と―……87
(ⅳ)俳句の里・学文路―子規とその門流―……93

〔三〕高野山ゆかりの俳人たち――句碑を訪ねて――……101
はしがき……102
松尾芭蕉…102　宝井其角・穂積（老鼠堂）永機…104　松尾塊亭…105　高浜虚子…106
池内たけし…107　高浜年尾…107　富安風生…108　中山義秀…108　大野林火…110
趙樸初…110　志太野坡…112　田村木国…112　山口誓子…113　阿波野青畝…114
森白象…114　鷹羽狩行…115
むすび……116
〔四〕空海と近代文学――漱石、佐藤春夫の言説を巡って――……119
（一）はじめに……120
（二）近代文学の出発……122
（三）語りかける漱石――「個人主義」への道――……125
（四）佐藤春夫の「風流」観――〈原郷〉としての熊野――……133
（五）むすび……139
◇参考文献……141
あとがき……143

はじめに

高野山には径《こみち》が多い。脇道にそれると、墓碑や句碑・歌碑が並び、鬱蒼とした森の中に木漏れ日が落ちる。ここは文学の結界地でもある。結界地とは、他を寄せ付けぬ聖地を指す。仏道修行に障るものは、入ることができない。結界には、大・中・小の三つの世界があるという。高野山を開くにあたり、空海は四方七里に「大結界」を設定し、悪鬼を退散させようとした。「中結界」は修法の道場を結界し、また「小結界」は修法壇の周囲を結界する。密教では、結界は印明《いんみょう》を用いておこなわれる。印《いん》契《げい》を結び、真言を唱えることによって、結界を囲うのである。

平家物語（巻十）にも「われ昔薩埵《さった》にあひてまのあたりことごとく印明を伝ふ」とある。手で印を結び、真言を唱えるのである。この「薩埵」には、「金剛薩埵」「菩提薩埵」がおられ、また釈迦の前身とされる薩埵王子のことが知られている。彼は、飢えた虎にみずからを擲《なげう》ち死んだ王子である。仏教における主尊を尊び、そこに近づくために修行を積み重ねる。その場が「結界」である。

高野山の懐は深く、そこには血管のような径が交錯している。その径を歩きながら、弘法大師空海の教えについて考えてみようと思った。参詣道を歩めば、林立する夥しい墓碑が目につく。俗世では敵対した武将たちも、ここでは仲良く、互いに囁きあっているように思える。そして、ここを訪れるたびに、「曼荼羅」という言葉を思い出すのである。

*

令和五年（二〇二三）六月二十四日（土）、四年ぶりの国際熊野学会が京都で開催された。その翌日、私は東寺を参拝した。大同元年（八〇六）、長安から帰国した空海が、高野山に金剛峰寺を建立し、国家鎮護の為に東寺を与えられたのは、弘仁十四年（八二三）であった。場所は、朱雀大路の南端にあたり、北端の朱雀門とは遥かに対峙する。現在の京都市南区九条町一番地、芥川龍之介の作品にも描かれる「羅生門」の東西には、それぞれ東寺と西寺が置かれた。その後、西寺は焼けて廃寺となったが、東寺はそのまま現地に残ったのである。

嵯峨天皇は空海に、東寺を「真言の根本道場」として下賜されたのである。別名を「教王護国寺」という。ガイドの方によると、「東寺の境内はそのまま曼荼羅であり、密厳浄土である」という。私は一礼して、伽藍には南大門から入った。正面に金堂・講堂があり、その奥に食堂が直線に置かれている。また、門の左右には五重塔と灌頂院が配置されている。金堂では薬師如来像と、日光・月光《がっこう》の両脇侍菩薩像を拝した。台座の周囲には、十二神将が配されている。講堂には、大日如来を中央に二十一軀の仏像が安置されている。説明書によれば、「これは弘法大師の密教の教えを表現する立体曼荼羅（密厳浄土）の世界です。」とある。

密教では、「胎蔵界曼荼羅」と「金剛界曼荼羅」などによって、本尊である大日如来の世界観を説明する。すなわち、「胎蔵」は「母胎」の意であり、慈悲の面から説く部門とされ、「金剛界曼荼羅」は智慧や悟りの顕現した部門と説かれる。弘法大師空海の詞に「それ仏法、遥かにあらず、心中にしてすなはち近し」(「般若心経秘鍵」『弘法大師空海全集』第二巻)とある。仏の教えは、私たちの心の中にあって、遥かな彼方にあるのではないというのである。従って、「悟り」や「迷い」は、みずからの身体の裡にあるのだから、仏の教えを信じて実行すれば、「迷い」は断ち切られ、「悟り」の世界が開けてくるという。「般若心経秘鍵」は、空海の晩年に書かれた注釈書である。

こんにち、一般に「般若心経」は、法事や、朝晩のお勤めの際に唱和される。その「般若心経」は、膨大な『般若経』の経典の真髄を纏めたものとして理解されているが、弘法大師空海は、その難解な「般若心経」を、「大般若菩薩の悟りの境地」を説く密教経典と見做す独自の解釈を施したのである(『弘法大師空海全集』第二巻所収、「訳注」参照)。

*

今から一二〇〇年以上前、若き日の空海は遣唐大使藤原葛野麻呂《ふじはらのかどのまろ》に同行して海を越えた。延暦二十三年(八〇四)、数え年三十一歳の時であった。目指すは長安(現、西安市)、当時の青龍寺には恵果阿闍梨《けいか》がおり、密教の教えを説いていた。門弟は千人以上と伝えられる。一行は、七月六日に肥前国田浦(現、長崎県平戸市)を出帆、季節風と暴風雨の中、玄界灘から東海(東シナ海)を進み、八月十日に福州長渓県赤岸鎮(現、福建省)に漂着した。「僅かに八月の初日に、乍ち《たちま》に雲峯を見て欣悦《きんえつ》極まりなし」(『為大使与福州観察使書』)。ようやく下船すると、目の前に「雲峯」が現れたというのである。空海は「欣悦極まりなし」と、その時の悦びを、全身で表現したのであった。

十一月三日に、長安に向けて出発、水路、嶮路を辿り、十二月二十三日に長安城に入った。道中、隋の煬帝が整備した大運河を利用し、仙霞古道や函谷関《かんこくかん》なども越えたに違いない。福州から長安までの距離は四八〇〇余華里（約二四〇〇km）、要した日数は約四十九日とされるが、蓮生観善編『弘法大師傳』（高野山金剛峯寺、昭和六年）には華里で「七千五百二十里」（一一六頁）と記載されている。

翌年六月上旬から八月上旬にかけて、空海は青龍寺の恵果阿闍梨に就いて、三昧耶戒、胎蔵法灌頂、金剛界灌頂、伝法阿闍梨の灌頂、そして遍照金剛の灌頂名を受けた。空海と出会ったとき、恵果はすでに自らの死を予知しており、僅かな期間に、これらすべての灌頂を空海に対して済ませたのであった。恵果は、その年の暮れに青龍寺東院で入寂、空海はその碑文を撰書した。村上長義「恵果和尚に就て」（『東洋学報』第十七巻四号）によれば、恵果は第六祖不空に学び、代宗・徳宗・順宗の三代の皇帝に信任され、「三朝の国師」と称えられたが、「只管弟子への授法と加持祈禱とに充実した」。翻訳や大部の著述を残さず、聖地巡礼もしなかったという。

密教には、大日経系と金剛頂系の二系がある。大日経系の経典として、唐の善無畏が訳した七巻本がある。胎蔵界曼荼羅はこれによって描かれ、母の胎内には菩提心が宿るとされるが、それは一切の衆生を救済する慈悲の心を説いているのである。金剛頂系の経典には、不空訳の三巻本がある。ここでは、大日如来の成仏の次第を述べ、金剛界如来（釈迦）が三十七尊を出生したこと、金剛界曼荼羅の儀則、曼荼羅に導く法則などを説明しているとされる。私たちは、お経を捧げる際に、開経偈《かいきょうげ》の終わりに、「願解如来真実義《がんげにょらいしんじつぎ》」と唱える。如来の「真実義」を理解するように努め奉ることをまずお誓いするのである。空海は、恵果阿闍梨に就いて、この二系を習得した。密教の教えでは、宇宙のすべては大日如来の顕現であり、その智徳の面を「金剛界」、慈悲の面を「胎蔵界」で表現している。

＊

ところで、空海の著した『般若心経秘鍵』に「医王の目には途《みち》に触れてみな薬なり。解宝《げほう》の人《にん》は鉱《くわう》石《しゃく》を宝と見る。」とある。医者の目からすれば、道端の雑草も妙薬であり、眼力のある人には、鉱石を宝石として分別することができるというのである。古人の言に、「行不由径」（「行くに径に由らず」『論語』雍也第六）とある。立派な人物は、本道を通り脇道にはそれないという。つまり、横道によらず、目的に向かって堂々と王道を歩くのが、優れた人物であるというのである。しかし、高野山の径を歩くと、秘められた歴史や、古人の影や、生き物たちの隠映に触れることができる。

芭蕉の旅日記を「奥の細道」という。「細道」とは、まさに「径」の謂いである。

本書は、高野山の径を歩きながら、「宝石」や「妙薬」を探し当て、それを伝統的な俳句を借りて表現しようと試みたものである。それは、わたくし自身の、曼荼羅修行の旅にほかならない。古来、日本の風土は、四季の彩《いろど》りの中に、世界に特異な詩歌を産み出した。特に、〈花鳥諷詠〉を通して、私たちの〈目〉と〈言葉〉と〈心〉が鍛えられた。未だ宗教を持たなかった原始の人びとも、「歌謡」の様式を通じて、心の均衡を保つことができたはずである。ふたたび、言葉に魂《たましい》が宿る時代がくればいいと思う。

いま、高野山の「結界」を歩きながら、世界の諍いが収まり、生命体を毀損するようなあらゆる現象が、この世から消滅することを祈らずにはいられない。

〈凡例〉

一、創作俳句二六三句を、ほぼ春・夏・秋・冬・新年の順に配置した。原則として、旧仮名遣い（ルビを含む）を用いた。季題・季語に関しては水原秋櫻子・加藤楸邨・山本健吉監修『カラー図説・日本大歳時記』（講談社）に拠った。高浜虚子『花鳥諷詠・新歳時記』（三省堂、昭和四十九年十月一日増訂版）を座右に置き、常に参考にした。

二、「エッセイ・旅と時間と」には、書下ろしを含む四編をテーマ別に収録した。既出の文章に関しては、その出典をそれぞれの末尾に記載した。

三、「高野山ゆかりの俳人たち―句碑を訪ねて―」では、境内に建てられた句碑を通じて、句の解釈やその背景、また作者について考察した。

四、「空海と近代文学」では、漱石と佐藤春夫の言説を通して、近代文明の特色と現代について考え、空海の教えとの共通点を指摘した。

五、執筆に当たり、参考にさせて頂いた主な文献を巻末に記載した。文中に引用した文献や資料については、その都度注記した。

〔一〕俳句の径　高野山

春のざわめき

□　春

春めきて

春めきて都は遥か山深し

春めきて旅装の法師朧なり

春めくや仏師の居ます山にこそ

灌頂の儀式を終へぬ雪の果て

雨脚のそよぎは去りて山笑ふ

風凪て阿闍梨の居ます御堂かな

空海の旅

水ぬるむ法師に恋の時あらめ

星に発つ若き空海春浅し

星に宿す空海の旅冴え返る

藤咲くや晨昏修行の日日遥か

藤垂れて弘法大師のおはす地に

西行の庵訪ねて空海忌

親子づれ

春日傘高野の森の親子づれ

木漏れ日や春の日傘の揺れてをり

春日傘老女の足の華やぎて

御影供《みえいぐ》や家の仏間に花そへて

蝶舞ひてもつれつつゆく空海忌

奥の院御影供詣での母娘《ははこ》あり

遍路笠

柞葉《ははそは》の母と迎へし空海忌

波静か讃岐の海の遍路宿

亡き父母の訪ねしやあらむ島四国

遍路笠うねりて進むひとつ道

伊予の街子規のふるさと空海忌

曼曼と広がる海や空海忌

慈尊院

御山近し妻と歩むや大師の忌

水分《みくまり》の神に誘はれ花筏

母恋ひのうたは九重花筏

九度《くど》の山大師の母堂笑まひたり

花咲くや高野の里に来てみれば

花吹雪く中を遍路のひとり影

学文路《かむろ》苅萱堂

椿咲く石童丸の住みし里

椿咲く苅萱堂に陽は射して

山椿こぼるる如き陽は照りて

花菜漬学文路の里の茶の香り

学文路坂時雨の残り母恋へば

花冷えて千里《ちさと》の墓に降る雨は

三鈷《さんこ》の松

西方の三鈷飛び来たり花の雲

春雨や三鈷の松に般若経

御影堂遊山《いうざん》慕《ぼ》仙《せん》海明けて

父母の眠れる山よ花時雨

母逝きぬ雪消《ゆきげ》の庭に蝶舞て

ふるさとの紫雲英《れんげ》の花に母の影

風景

幼虫の空気震はせ土割らむ

春草はなべて黙して意志強し

一心にゆく鳥ありて梅芽吹く

糸瓜蒔く秋草花の時を待ち

風舞ひて懊悩の如く梅花咲く

群鳥の海浴びてをり春の午后

春雷の遠のきて搗く蓬餅

草餅を重ねて供ふ御影供に

夏から秋へ

□　夏

長安へ

いざ発たむ遣唐使節の夏の海

海界《うなさか》のうねりは高し夏の海

流されて流されてなほ星月夜

道険し長安いづく雲の峰

恵果おはす御寺遥かに半夏生《はんげしやう》

漂流《へうる》して赤岸鎮の月明り

長安へ黄河運河の山の月

高野山

東漸の御仏の地に含羞草《おじぎさう》

ねむり草静かに歩め参詣道

風呻き魑魅《すだま》の響く苔清水

露涼し水向け地蔵と目が合ひぬ

大師ゐます御山は近し柿若葉

日業の聲澄み渡り柿若葉

般若経読経の中を若葉風

すれ違ふ袈裟の香りや若葉吹き

青葉木菟《あをばづく》

晩学の我に囁け青葉木菟

独り居の宿の乾坤青葉木菟

青葉木菟夜の静寂《しじま》を我がものに

青嵐残りの雪を振り払ふ

白鷺の流れ流され青嵐

五百坊残雪ありて渓深し

薄暑

孫の来て結夏《けつげ》の寺の闇明かり

青嵐杉の梢の勁きかな

結界の柳枝なだるる薄暑かな

父母の影を求めて南風《みなみ》吹く

吾もまた三界の子なり夏木立

杜光るとき幻の輪廻かな

暁闇にひろごる茜夏の入り

夏安居

夏安居《げあんご》に茂吉旅僧の高野山

晶子歌碑結夏《けつげ》の僧の目に触れむ

夏花《げばな》買ふ高野の山の奥処かな

懐かしき夏書《げがき》の机亡父《ちち》の居て

夏花摘む先祖祀りの近づきて

夏花摘むけふより我の夏祓

父忌日今日一日の夏断《げだち》かな

石楠花

大門を入れば石楠花《しゃくなげ》山の主

石楠花の花の周りを蜂の舞ふ

石楠花や樹液の香り降りそそぐ

柿の種落ちて芽を吹く鉢の中

参道に句碑歌碑立ちて木下闇

あらたふと山の小道に黄金虫

老鶯や姿隠して声鋭し

老鶯や山の奥処の主なりや

近景1

枝伐りて新緑の中鳥巣落つ

下闇や丹生川《にうかわ》べりを歩みけり

山迫りせせらぎ響く木下闇

丹《に》生《う》津《つ》姫《ひめ》神社鎮もる青葉守

結葉《むすびば》や六道歩むひとはみな

近景2

雲重たし牡丹わづかに揺れて咲く

石楠花の思はせぶりな咲きしぶり

糸瓜《へちま》三株芽を吹きてなほ伸び悩む

向日葵《ひまはり》の種こぼれ落ち芽を吹きぬ

糸瓜咲く下を大猫去りてゆく

近景3

馬鈴薯の花に水やりけふの盡《じん》

馬鈴薯にジャガタラ文《ふみ》を思ひ出し

切なきもジャガタラ文の夏の宵

青葉風吹き止まぬ夜の神嵐

荒祀る伊勢の玉砂利楠若葉

青嵐雨呼ぶ雲の行きかひて

雨降らば降れよ木下の青蛙

夕暮れて狭庭の蕗の葉は廣し

蟬鳴く

蟬鳴くや本を恋しと思ふ朝

蟬鳴きて書棚に朝陽射す日かな

梅雨明けの朝を姦し蟬時雨る

初蟬を珈琲タイムの妻とゐて

空蟬や風激しきに揺られをり

□　秋

野の錦

南無大師安心立命野の錦

遍照金剛歩めばそつと秋告ぐる

法師蟬百坊かなた秋の来て

不空・恵果・空海の道鶴来る

迎火や海鳴り響く村明かり

大師幻想

身は高野心は東寺木槿《むくげ》咲く

長安の大師幻想秋を呼ぶ

灌頂を受けし大師や星月夜

空海の星の契りや恵果ゐて

恵果ゐます御寺にそそぐ星の屑

亡父回想

父逝きし九月九日風強き

重陽の昼の窮みに父逝きぬ

父覆ふはふり帷子《かたびら》月射して

風たちぬ月輪の宵の更けゆけば

曼珠沙華咲て読経の父の声

父逝きて二十三年星月夜

法師蟬

法師蟬帰郷して聞く母の声

父逝きて母逝きませりととせのち

菩提子の数珠を手首に母逝きぬ

星流れ幼き我の幽かなり

星月夜十万億度の母恋し

揚花火

揚花火天《あま》の河原になだれ込む

紀ノ川は高野の麓遠花火

夢に見し我が子と我の揚花火

花火散る潮の唸りを抱き上げて

花火盡小夜風のなか歩み初む

徒手空拳

六地蔵無為の我が身を草靡く

徒手空拳線香燃ゆる地蔵盆

壬生寺の六斎念仏遥けしや

木槿咲く垣根を過ぎて祖詣《おやまゐ》り

稲の花常より早くふるさとに

祇園會

洒落着して出かけてみたし祇園の夜

祇園會《ぎをんゑ》や風無く囃子の聞こえけり

遠来の朋あり鉾の稚児あゆむ

風やみてぶらり糸瓜の昼下がり

蜩の鳴きて空蟬黙しけり

遊仙の賦

杜子春を想へば山の雨月かな

山稜や浮き出る墨画雨の月

蓮の実や臺《うてな》の露を愛しみて

高山は風の起りて初嵐

空天の窮みに雁の群れ来る

秋風は夕べに寒し高野山

幽地

吉野から高野へ靡く薄かな

山暮れて山林修行の葛の花

萩の露抖擻《とそう》に暮れる幽地かな

若き日の空海の径《みち》蟲の原

蟲鳴くや明けの明星燦燦と

庵の月

澗水を命の水に庵の月

月清し抖擻の御山豊けくて

月明や山霞一咽《いちえん》谷深し

山中に楽しみ有りて夜夜の月

夕暮れて法身の里の月夜かな

舞鶴幻想

――遍照発揮性霊集《へんぜうはっきせいれいしふ》　巻第一――

鶴来る天震はせて此岸へと

鶴の舞風たつ空の自在かな

水苑に羽を休めし鶴一羽

空海の秋日神泉鶴舞ひし

鶴響《かくきやう》や天に聞こゆとありしかな

天翔ける鳥のもとには魚藻あり

秋の月秋の風吹き窮みなく

窓に入る日光月光暮れの秋

冬、そして新年。

□　冬

高野の山は

夕陽染む大門《だいもん》の冬華やかに

冬ながら高野の山は緑濃し

冬枯れの路を歩みし御影堂

大師堂に如来の光り今朝の冬

炉開きの灰柔らかに鳥の声

講を聴く室の一角冬安居《あんご》

書《ふみ》に知る月夜に出たり鉢叩き

紙漉の里

川べりの紙漉の里慈尊院

山麓に紙漉く里や水重ね

紙漉くや天女の舞の降り立たむ

楮《かうぞ》蒸す大師の里に湯気立ちて

蒸し桶に沸き立つ湯気や天に入る

芭蕉忌

芭蕉忌や高野の森を仰ぐとき

山里を雲流れゆく桃青忌

はらはらと時雨降るなり旅の夜

芭蕉忌や父母の面輪の湧きて立つ

時雨忌や高野の山の奥処かな

芭蕉忌を歩めば里は枯山水

芭蕉忌や幽かに風の吹きて過ぐ

冬の鳥

冬鳥の雲に溶け込む森の上

冬鳥に雪しんしんと垣根かな

冬の鳥枯枝《かれえ》より飛ぶ密やかに

冬鳥の呟き庭を漁るらし

冬鳥を寒禽《かんきん》と呼ぶ猟師かな

榾火

氷雨ふる天網《てんまう》恢恢《くわいくわい》　書読みて

歳を焼く榾火《ほたび》のけぶり舞上がり

新たなる出会いもありぬ年の暮

落ち葉して水に浮かびぬ年の暮

榾火尽き落葉一片年暮るる

虎落笛

寒空の裂け目凍らす鵯《ひよ》の声

寄せる風返す風なし虎落笛《もがりぶえ》

寒雲に紛れて消えぬ群雀《むらすずめ》

残り葉の震えて呼ばふ春の風

鶲《ひたき》きて蟲漁りをり冴え冴えと

春隣

垣根吹く風の穏しき日の来る

寒寒と吹く風晴れよ雲重し

春隣老木を吹く風ありて

春隣行きかふ人のいそいそと

菜を食みし鳥の来たるや春隣

春近し我に十五の時ありし

木立打つ風の音する春隣

終大師

帰郷して終大師《しまひだいし》に間に会へり

父祖の地に納め大師の花捧ぐ

幾たびか帰省せし日の除夜の鐘

床清め納め大師に妻とゐて

遍照金剛終大師の灯を点す

□　新年　年明けて松の内

初鶏

初鶏の声高らかや神棚に

初鶏の鳴きて竈に火を入れし

初鶏の竈焚く朝母凛々し

初鶏や村に谺す幼き日

初鶏や高野の道を教へんと

福寿草

冬天に暖景ありて福寿草

さはさはと風の立つ日や恵方《ゑはう》へと

年明けてなほうづ高く去年の夢

我が生に余生はなきぞ年明けて

春立つや紀伊の山脈《やまなみ》雲湧きて

春浅し齢重ねて愉楽あり

春一会

来る人も、去る人も、春一会。

夕闇の迫りて春の谺かな

紀伊の山稜線靡く四方拝《しはうはい》

凧揚げし里山の風けふもあり

初夢の穏やかに覚め径行く

命ありて我に今宵の月冴ゆる

晴れ晴れと雲流れたり恵方道

初鏡

鏡台の埃を拂ふ初鏡

初鏡白髪増えし我が面輪

初髪を結ひ上げし娘《こ》や朝日射す

心してネクタイを締む初鏡

初鏡家の歴史を潜ませて

初明り

元日に雪降り初むや大師堂

元日の朝《あした》といふにメール来て

やがて喜寿郷里の井戸の初手水《はってうづ》

初暦を開きて今年の運を読む

初泣きの孫をあやして雑煮喰ふ

夜の明けて密かに開く日記始

初明り土蔵の壁の浮き上がる

鎌鼬

木霊する夜を叫べば鎌鼬《かまいたち》

冴する葉守の神や鎌鼬

山彦やひこばえ静かに耐えてをり

蘖《ひこば》えし御山への道風すがし

年輪を積みて大樹にひこばゆる

年明けて行脚の夜や鎌鼬

松納

屠蘇《とそ》の日も矢の如くなり日記書く

暁闇を確かめけふの松納

松過ぎて朝陽の色の変りけり

松とれば冬たち返る門の外

発つ朝に遺し置きたり鳥総松《とぶさまつ》

〔二〕エッセイ・旅と時間と

（i）青龍寺と高野山――恵果阿闍梨から空海へ――

河南省開封への旅

平成十九年（二〇〇七）十月、私は勤務する大学の公用で、はじめて河南省鄭州の空港に降り立った。当時の上杉千郷理事長に随行しての空の旅であった。神官を兼ねた上杉理事長は、茶の湯をたしなみ、世界の「狛犬」を蒐集して郷里飛驒に「狛犬博物館」を建てるほどの凝りようであった。温厚実徳な学者肌の方で、『狛犬事典』や『茶道の中の神道』等、多くの著作を遺された。その随行の旅は、私の第二歌集『中原の風』に纏められたが、それだけではなく、河南省にある二つの大学との学術交流のきっかけとなり、北京では十八年ぶりのかつての教え子との再会に繋がったのであった。

大相国寺の空海像

私どもの旅は開封の菊祭りの見学から始まった。その途次、案内された大相国寺に佇む空海の像が極めて印象的であった。弘法大師空海が、延暦二十三年（八〇四）七月六日、遣唐大使・藤原葛野麻呂に同行し、肥前国田浦（現、長崎県平戸市）の港から出帆したことが知られている。その後、どのようにして開封を経て、恵果阿闍梨の居る長安（現在の西安）まで行くことができたのであったか。空海、数え年三十一歳の時のことである。

頼富本宏《よりとみもとひろ》・文、永坂嘉光《ながさかよしみつ》・写真『空海の歩いた道』によれば、福建省赤岸鎮に上陸した一行は、福州・南平を経て杭州に至った。その後、上海近くの蘇州から鎮江、揚州、徐州を越えて開封に到達した。現在の福建省浦城県と浙江省江山市を結ぶ全長一二〇kmの嶮山（仙霞古道）を越えたのであろうか。日本の紀伊半島熊野古道の嶮路大雲取が想起されるが、歩行距離は遥かに長い。長安を目指す空海一行の強靭な意志と健脚には、唯々驚愕するばかりである。福州から長安までの全行程は、四八〇〇余華里（約二四〇〇km）と推測されている（『弘法大師傳』）。

水路と陸路を交互に進みながら、杭州からは隋の煬帝が整備した運河の一部を活用し、ようやく開封に至ったのであろう。開封から陸路を経て洛陽を過ぎれば、長安はそう遠くはない。だが、その間には「函谷関」があり、この関によって西の「関中」と東の「中原」とに分かたれる。空海一行は、長安に向かう前に、洛陽に建つ白馬寺に宿泊して英気を養った。白馬寺は、中国最古の仏教寺院として知られるが、寺の境内には立派な空海の像が建てられている。長安に到達したのは十二月二十三日、出発点の福州からは約四十九日を要した。一日平均五〇kmを移動した計算になる。赤岸鎮に漂着したのが、八月十日であったから、長安到着まで、実に一三五日を費やしている。

恵果との出会い

延暦二十四年（八〇五）五月、三十二歳の空海は、苦難の果てにようやく青龍寺に至り、恵果に師事することになった。当時の青龍寺には、第七祖恵果阿闍梨がおり、密教の真髄を多くの弟子たちに伝授していた。しかし、恵果はその年の暮れに、青龍寺東院で入寂する。そして、空海は選ばれてその碑文を撰書したのであった。

空海と恵果の出会いは、まさに運命的なものであった。みずからの死を予知していた恵果は、その総てを空海に托して、僅か六か月後に入寂したのであった。空海は第八祖として、恵果との出会いから二年後、すべての灌頂を会得して帰国する。恵果入滅後、空海の記した碑文「大唐神都青龍寺の故三朝国師灌頂阿闍梨恵果和尚の碑」には「日本国学法弟子苾蒭《ひっしゅ》空海撰文幷書」の署名がある。唐の国三代の代宗・徳宗・順宗に認められた高僧恵果の碑文を、修行僧空海が記したという意味である。

碑文には恵果和尚の高徳を称え、その霊験はあらたかにして干天には慈雨を降らせ、大雨の際には太陽を蘇らせたことなどが刻まれている。それら降魔《ごうま》の法（悪魔を退散させる）だけでなく、貧民を救い、私財を寺院の建築等に資したことが、尊敬の念と共に丁寧に書かれているのであった。空海の碑文によって、恵果の生き方や教えの要点が簡潔に伝えられた。

密教には、大日経系と金剛頂経の二系があり、恵果はその二系の伝承者であった。空海が帰国してから数十年後、唐の武宗の時代、すなわち会昌五年（八四五）に大規模な廃仏が興り、青龍寺は廃棄され皇室の庭園となる。翌年の五月には護国寺として復活し、北宋まで存続したが、北宋の元祐元年（一〇八六）以降は次第に廃れて、地上から消えてしまったのである（『唐密祖庭・青龍寺パンフレット』）。

元来、青龍寺は唐の長安の新昌坊に位置し、密教の有名な寺院であった。建立は、隋の開皇二年（五八二）、はじめは霊感寺と称したが、一時観音寺となり、唐の景雲二年（七七一）に青龍寺と改称されたのである。上述の如く、その後の廃仏によって、中国での密教そのものが衰退してしまった。しかし恵果の教えは、空海によって日本に伝えられ、やがてその命脈は日本の地で生き続けているのである。

昭和四十七年（一九七二）九月に、日本と中華人民共和国との間に共同声明が発表され「国交」が結ばれる。その後、昭和五十七年（一九八二）五月十九日、陝西省西安市と日本の四国四県が青龍寺跡で空海記念碑落成式典を挙行、同年十一月には西安市青龍寺遺跡管理事務所が発足するなど、両国挙げての顕彰が盛んになった。また、昭和六十年（一九八五）四月には、日本四国四県の中日友好協会から桜の苗木千本が送られるなど、現在では、恵果・空海記念堂も整備され、青龍寺は両国友好の象徴となっている。

高野山開山と三鈷の松

弘法大師空海が高野山を開いたのは弘仁七年（八一六）、帰国してから十年の歳月が流れていた。この年の七月八日、勅許により高野山を賜ったのである。空海四十三歳のときである。帰国後、入京までの間は大宰府にとどまり、入京後は高雄山寺で金剛界結縁灌頂を開壇するなど、密教の布教活動をつづけたのであった。当時、最澄・和気真綱《わけのまつな》らも空海から灌頂を授けられている。現在、高野山壇上伽藍御影堂の前に三鈷の松がある。空海が帰国の際、日本での密教聖地に相応しい土地を求めて、明州（現在の寧波）から投げた法具（三鈷杵）が、高野山の松の枝にかかっていたと伝えられる。三鈷の松は、三本葉の松で、通常の二本葉の中にたまに見つけられるという、幸せの松の葉のことである。

空海は日本における真言宗の開祖として知られるが、仏教の布教だけではなく、中国の文学、書道、天文、医学、河川工学などの知識を日本に伝えた。その活動は、鑑真和上と共に、両国の優れた文化交流の先駆者であった。現在、恵果と空海の出会いを記念して、青龍寺遺跡に「恵果空海記念堂」「空海記念碑」「青龍寺庭園」等が、中日両国の共同で整備されている。現代の私たちは、両国の優れた先駆者の教えを学び、その友好と理解をさらに深め、混迷する世界を明るい未来にするために努力していかねばならないと思う。

密教の教えから学ぶ

唐の時代の、長安における恵果阿闍梨の命脈が、海を越え山を越えて、日本に蘇る。何と劇的なロマンであろうか。そこは、世界の平和と幸せを願う人々の集合地でもある。高野山には、戦国時代の敵味方に分かれた武将たちの多くの墓碑が並んでいる。ここでは、世界の信条・価値・社会等、異質の価値観に関係なく、すべてが融和している。宇宙の全てを受け入れる高野山の結界は、まさに曼荼羅の現実空間なのだ。

私どもの開封への旅は、思いがけなく恵果阿闍梨と空海弘法大師の出会いと、その後の仏教東漸の話題となった。なお、空海は承和二年（八三五）、三月二十一日、みずから食を絶ち、高野山において入定、数え年六十二歳であった。入定後、八十有余年を経て延喜二十一年（九二一）十月二十七日、観賢の奏請によって、醍醐天皇から弘法大師の諡号を賜った。日本の密教では、空海を祖とする東密と最澄らを祖とする台密とがある。

(ii) 白頭を悲しむ翁に代わる——歌集『中原の風』から『子規のうたごゑ』まで——

惜春の詩

中国初唐の詩人に、劉希夷《りゅうきい》（六五一～六七九？）という人がいた。一名、庭芝とも挺之ともいった。汝州（河南省）の人。没年未詳、三十歳前に死んだと伝えられる。二十代半ばに進士に及第、美男子であったともいわれる。その死に関しても謎が多いが、世の規律を無視し酒に溺れ、時の有力者に重んじられることもなかったらしい。日本では、「年年歳歳花相似、歳歳年年人不同」（年年歳歳花相似たり、歳歳年年人同じからず。）の章句で知られる。

その詩の題名を「代悲白頭翁」という。「白頭を悲しむ翁に代わる」という意味で、歳月の過ぎる速さを、白髪の翁に代わって詠んだ漢詩である。例えば「寄言全盛紅顔子　応憐半死白頭翁　此翁白頭真可憐　伊昔紅顔美少年」（言を寄す全盛の紅顔子、応《まさ》に憐れむべし半死の白頭翁を。此の翁白頭真に憐れむべし、伊昔《これ》紅顔の美少年。）という一節がある。一瞬に過ぎた少年時代を顧み、白頭の老人となった自分を嘆く。今、青春の中にいる「紅顔の美少年」に対して、その時の流れを伝えているのである。

詩の冒頭には、次のような章句がある。＊日本語訳＝筆者。

洛陽城東桃李花　飛来飛去落誰家（洛陽城東桃李の花、飛び来り飛び去って誰が家にか落つ。）
洛陽女児惜顔色　行逢落花長歎息（洛陽の女児顔色を惜しみ、行く行く落花に逢うて長歎息す。）

＊洛陽城の東に咲く花は、桃と李の花である。花は飛び来て、また飛び去って、誰の家に落ちるのか。洛陽の乙女は、容色の失われるのを惜しんで、散る花びらに逢ってため息をつく。

花の季節が過ぎると、ひとは一つ年輪を重ねる。しかし、季節がめぐって春になると、また花は美しく咲く。つまり、「年年歳歳花相似たり」であるが、行く歳行く歳、人のみが変わってゆくという。人生の「無常」が謳われているのである。

人生の甘美

人生の「無常」を謳いながら、この詩には暗さがない。末尾に「但看古来歌舞地　惟有黄昏鳥雀悲」〈＊見よ、昔、若者が歌い踊った地は、今はたそがれ時に、寂しく歌う鳥雀の声を聞くのみとなった〉とある。往古の盛衰を謳いあげるこの詩は、冒頭に妙齢の女子と桃李の花を置き、「紅顔の美少年」「清歌妙舞」「光禄池台」「錦繡」「峨眉」等の言葉を配置し、玉《ぎょく》を弄ぶように、絢爛豪華な世界を演出しているのである。

歳月の流れのままに衰微するのは、乙女子や少年だけではなく、この世のすべてに当てはまるという寓意がある。人生無常は、いつの世も変わらない。ここには、時の一瞬を受け入れ、謳歌する人生の生き方を示唆する物語があるようだ。章句の一齣一齣は映像のように美しい。人生の変転を受け入れ、それを楽しむ甘美な世界がある。この詩に触発されて、私は、私自身の変化を振り返ってみようと思う。現在を基点として、私の過去十余年の歳月は、中国の師友との関わりを離れて語ることはできない。

歌集『中原の風』から『子規のうたごゑ』まで

大陸の風に吹かるる草莽を人ら行きしか馬駆りたてて
中原に降りたつ我の頬を打つ星の雫に目覚めつつをり

（歌集『中原の風』（二〇〇八年）より）

私が還暦を過ぎ、はじめて中原の大地を踏んだのは、二〇〇七年十一月のこと。河南省の大学との学術交流が目的であった。黄河中流域の中原の地は、中国文化発祥の地であり、そこは周代までの政治の中心地であった。それから、十余年、私は中国大陸の各地を巡り、与えられた機会を生かして多くのエネルギーを吸収しようと努めた。

幸いにも、優れた知己に恵まれて、中国の大学で「日本文学」を講じる機会もあった。日本では、留学生と一緒に、日本の古典文学、近現代文学などを学ぶ機会も増えたが、『詩経』が『古今和歌集』の序文に影響を与えていることなど、比較解読して初めて理解できることでもあった。

二〇二二年春、エッセイ集『子規のうたごゑ』を上梓したが、そこにも中国の景色を詠んだ自作短歌を多く収録した。西湖に浮かぶ孤舟に、身を任せて恍惚と過ごした日を忘れることはできない。中秋の名月に浮かびだされる景色は、詩情そのものの世界であった。

幾たびも夢に顕はる西のはて西湖の波に揺られし夢を
闇深くなりて湖面は艶めきぬ孤舟の月に囁く声す

（「西湖夕映え」より）

私の中で『中原の風』から『子規のうたごゑ』まで、十年余りの歳月が流れた。春にも夏にも、秋にも、また冬にも、季節の花は咲き人は変わる。そして、変わらないもののあることを知った。〈不易流行〉――変化と不変と。確かに、時間の流れは、目に映る風景を変える。しかし、それまでには見えなかった世界が、見えるようになる。劉希夷の詩は、人生の〈無常〉に光りを当て、白頭翁の輝きを謳っているのだ。

人生における体験は、総てのものを美しくする。悲しみや怒りを、そして苦しみや痛みも反転させる。年年歳歳、花は変わるが、その命は引き継がれる。歳歳年年、人も変わり、その生命は引き継がれる。〈不易〉とは、宇宙がより良い方向に発展するための〈流行〉と一体である。

詩は心の叫びでもある。表現することによって力を得て、みずからが蘇ることもあるだろう。そうでなければ、周囲に力を与えることもできないのである。中国古典は、日本人に偉大な力を与え続けた。それは今も変わらない。今、日本から中国へ、どのような心の力を還元することができるだろうか。今こそ、「心の文化」を再生させ、世界の人々は生きる力を取り戻さなければならないと思う。パンデミックの世であるからこそ、なおさらである。

中国河南省は、中国文化発祥の地である。私の住む伊勢の地にも、日本を象徴する伊勢神宮が鎮座する。両国が正しく相互理解を深め、一層豊かで信頼に基づく友好をいつまでも持続したいと思う。世界の幸せのためにも。

（『中日交流』二〇二二年三月・四月号）

(iii) 牡丹の花——白居易と蕪村と子規と——

白居易「買花」の詩

白居易（七七二〜八四六）は中唐の詩人。字は楽天、陝西省渭南の出身だが、みずからは、先祖の出身地山西省太原の人という。十五歳の頃から科挙の試験に励み、二十九歳で進士科に合格した。以降も各科目の受験を重ねて及第、若くして官吏への道を歩んだ。三十代ですでに詩人としての名声が高く、その作『長恨歌』は源氏物語他、日本の古典にも大きな文学的影響を与えている。

五言古詩「買花」は、牡丹の花を詠んだ詩である。以下に引用してみよう（日本語訳は筆者）。

帝城春欲暮（都の春が過ぎようとしている）
喧喧車馬度（騒がしく馬車が行き交う）
共道牡丹時（人々は、皆等しく牡丹の季節だという）
相隋買花去（さあ一緒に、牡丹の花を買いに行こう）
貴賤無常價（花の値段は定まっていない）
酬直看花數（花の数で、値段は自然に決まるのだ）
灼灼百朶紅（燃えるように紅いたくさんの花）
戔戔五束素（一本の枝に五つの白色の花）
上張幄幕庇（上の方には日よけの幕を張り）
旁織笆籬護（周辺には竹の囲いを覆って保護する）
水洒復泥封（水を注いで、泥を盛る）
移來色如故（移植しても、花の色は元のままである）
家家習爲俗（どこの家でも、このような牡丹の扱いは習慣となっている）
人人迷不悟（人びとは、そのことを、当然のこととして誰もが気がつかない）
有一田舍翁（一人の田舎の老人が居た）
偶來買花處（その老人は、人びとが花を買う場所に偶然にやって来た）
低頭獨長歎（うなだれて、老人は唯一人歎いた）

此嘆無人諭（この歎きを知る人は、誰もいない）
一叢深色花（深い色をした一株の牡丹の花）
十戸中人賦（その花の値段は、中流家庭の家十軒の租税に相当するのだ）

白居易のこの詩は、牡丹の豪華な花を称え、その花を求める都会の人びとの様子を詠んだものである。春が過ぎ、やがて夏が近づく季節、帝城（長安）の風物詩としての場面を、この詩人は冷静に描写した。牡丹の花が如何に大切にされたか。日よけの幕が張られ、竹の囲いで花を保護する。たっぷりと水が注がれ、根本には土が盛られている。人びとは、牡丹の花を買い求めて、家に持ち帰る。そのようなことが習慣となっていた。

しかし、牡丹を売買する場所に、偶々田舎からやって来た老人が行き会わせて嘆息する。その嘆息の意味を誰も気が付かなったというのである。この詩の比重は、老人の深い嘆息にある。高価な牡丹を求める都人の姿に、老人の嘆息を対比させて、奢侈を戒めたのである。詩の末二句が、主旨を述べた箇所であり、当時の白居易の世相風刺の作品として知られている。白居易は、三十代の頃、長安近辺で見聞したことを詩にして『秦中吟』（十首収録）としてまとめた。秦中とは、長安近郊の名称である。『新楽府』と並んで、彼の代表的な風諭詩として知られる。

与謝蕪村と正岡子規の「牡丹の花」

与謝蕪村（一七一六～一七八三）は、江戸時代中期の俳人・画人として知られる。正岡子規（一八六七～一九〇二）は、日本近代俳句の祖として、明治時代に俳句革新を推進した。この俳句革新に、蕪村は、子規にとって大切な先人であった。この二人の文人の「牡丹の花」について、考えてみようと思う。そして、白居易の「買花」に詠まれた「牡丹の花」と比較して考えてみたい。

正岡子規（以下、子規と略）が、有名な「俳句革新」の為に着眼した先人は与謝蕪村（以下、蕪村と略）であった。子規の俳句革新の烽火は『獺祭書屋俳話』（一八九三年）であり、その後『俳人蕪村』（一八九九年）が出版された。子規は蕪村の句に現れる「美」の特色を幾つかに分類し、その中の一つに「積極的美」を挙げている。

「積極的美」とは意匠の壮大・雄渾・勁渾・艶麗・活発・奇警等を指すが、それらは蕪村の句に多く表れており、それ以前の松尾芭蕉（以下、芭蕉と略）の句等には、それほど見られないものであることを指摘した。子規によれば、芭蕉やその継承者たちの句の特色は「消極的美」と呼ばれるもので、それらの意匠は、幽玄・閑寂に特色がある。またそれらは、日本的な「さび」「しをり」「細み」「軽み」等とも言い換えられて、伝統的な美の意匠として、江戸時代まで文芸世界（特に俳諧の世界）の主流となっていたのである。

子規は、蕪村の句に詠まれた「牡丹の花」について、次のような作品を挙げている。

牡丹散つて打ち重なりぬ二三片《にさんぺん》

この句は、ほの暗い有明の月の下で、牡丹の花が散って根本に重なっている様子を詠んだもので、幻想的幽玄の世界を喚起する。その散り方も、どこか潔い。

日光の土にも彫《ゑ》れる牡丹かな

この句に詠まれた「日光」は栃木県の日光東照宮のことで、欄間の彫刻の美しさは有名である。そこに彫られた牡丹の花の連想から、本物の牡丹が地上にも彫られてあるというのである。ここでは、自然の美よりも、芸術の美を優先させている。蕪村は土地の富豪珠明と交渉があった。

方百里《はうひやくり》雨雲よせぬ牡丹かな

牡丹の花には勢いがある。上空百里四方の雨雲も寄せ付けないほどだ。豪快な詠みぶりである。一里は、約４㎞。牡丹の咲く季節、雨の降らない天候を、牡丹が雨雲を寄せ付けないと見た。気品のある花と雨の対比に興趣がある。

子規は、一年春夏秋冬の中で、夏は積極的な季節であり、冬は消極的な季節だという。そして、蕪村の佳句は、夏に多いという。このことは子規の研究によれば、他の俳人には見られないことで、蕪村の句の特色であった。牡丹は、もちろん夏の季語である。子規自身にも「二片散つて牡丹の形変はりけり」等の句がある。子規は、長く脊椎カリエスを病み、「病牀六尺」の世界から宇宙を眺め、みずからの人生の可能性を試した詩人であった。

子規の枕辺には、病気見舞いの牡丹の鉢植えが置かれている。その牡丹の花びらが一片散り、二片目が散った後に、牡丹の形が明らかに変化した。子規の眼は、その微妙な変化を見逃さなかったのだ。子規の文学論の基本には「写生」があり、西洋の画法を俳句に取り入れて、新しい俳句の手法を確立することになったことはよく知られている。

子規にとって「写生」すること、すなわち一木一草の細部を精確に写すことは、その造物の本質を知ることだった。それは、世界の構造を知り、自己自身を知ることだったのである。

子規の歿する一年前の作に「病む我をなぐさめがほ《顔》に開きたる牡丹の花を見れば悲しも」の短歌がある。ここでは、牡丹の花は擬人化されて、子規を慰めている。子規は、牡丹が好きだった。それは、蕪村の影響だったかも知れない。だが牡丹の花には、力強い生命力がある。そのことを知った子規は、萎えてゆく己の生命を、逞しい花に託したのだ。

蕪村も子規も、白居易の漢詩から多くを学びとった。白居易の風諭詩は、牡丹の花を買い求める人びとの贅沢を戒めた。時代が下り、日本の詩人たちは、中国原産の牡丹の花を自作に取り入れて、新しい美の世界を構築した。蕪村の発見した牡丹の壮麗・威勢・豪胆の美は、子規に受け継がれて、その生命を輝かしいものとしたのである。

（『中日交流』二〇一九年五・六月号）

(iv) 俳句の里・学文路――子規とその門流――

石童丸物語伝承の地に

現在の和歌山県橋本市学文路苅萱堂《かむろかるかや》（西光寺）の境内に、三基の句碑が建つ。中央には向井去来の「道心のおこりは花のつぼむ時」、右手に吉川木城の「冬垣に人懐かしき椿かな」、左手には岩橋蘇風の「悲話残す千里の塚も空浄土」と刻まれている。ここは、石童丸の伝承の地である。高野山に修行に赴いた父を訪ねて、幼い石童丸が筑前の国から母と共に学文路の宿に着いたのは、秋風の吹く季節であった。

その「玉屋の宿」は、紀ノ川を渡った南側にあった。当時の街道沿いには、高野山詣での宿泊所が多く、大変な賑わいであったという。往時を偲ぶ「旧玉屋屋敷跡」「石童丸物語　玉屋宿跡」を示す指標が、今も現地に建てられている。石童丸の名は、高野山の苅萱堂、長野県市安楽山往生寺の縁起等に伝えられる。

石童丸物語は、中世以降、苅萱聖（高野聖の一派）によって全国に広められ、江戸初期には説教節、浄瑠璃、琵琶歌となって流布してゆく。貞享五年の春（『笈の小文』）に、芭蕉は高野山を訪ねているが、道中、学文路の苅萱堂に立ち寄り、絵解き説法を聞いたのであろうか。去来の句にある「道心」とは、十二世紀後半、筑前苅萱の武士・加藤繁氏のこと、後に出家して苅萱道心と呼ばれた。その子供が石童丸である。母は、千里《ちさと》ノ前という。父の顔を知らずに育った石童丸は、女人禁制の為、母を麓の宿に残して高野山に赴く。しかし、父は名乗らずに石童丸は下山する。その後、母と死別した石童丸は、再び高野山に上り、苅萱道心の弟子となった。(『苅萱堂縁起』)。

時は流れて、平成元年五月十七日、苅萱道心・石童丸関係信仰資料十八点が、橋本市有形民俗文化財に指定された。その後、本堂の修復、千里ノ前塚の整備、吟行句会、人魚の厨子の建立、学文路苅萱堂本『石童苅萱物語』の出版などの事業を継続、平成七年三月三十一日には、橋本市が歴史街道モデル地区に選定され、学文路が当地の文化スポットとなったのである。吉川木城の句碑は、平成九年三月二十四日に建立された。

これらの事業を推進した岩橋哲也氏(俳号蘇風)は、『石童丸』(学文路苅萱堂保存会発行、平成十三年・第二版)で、今は「各地の俳人達垂涎の吟行絶好の場所となっています。」(九十四頁)と記している。ところで、ここに建立された俳人吉川木城とは、どのような人物であったのか。当地における、子規の遠い門流の一人として、また、松瀬青々の近しい門下のひとりとして記憶しておかねばならない。

吉川木城《よしかわぼくじょう》のこと

木城。本名・吉川喜次郎《きじろう》は明治十四年十一月二十六日、父辰之助、母ナヲの次男として、現在の和歌山県橋本市高野口町に生れた。高野口は、古くから高野山への参詣口の一つであり、宿場町として栄えた土地である。明治二十二年四月一日より発足した旧名倉村を淵源とする。明治四十三年九月一日より、高野口町と改称されている。長兄の常太郎は、家業の米穀商を継いだが、喜次郎は歯科医師を目指し、新婚早々に大阪市南区畳屋町で開業した。俳号の木城は訓読みでは「きしろ」となり、それは本名をもじったものであった。妻は、奈良県宇智郡（現在、五條市）の旧家小林利吉《りきち》の次女ヒサで、大正二年七月二十一日に結婚。

彼と俳句との出会いは、大阪時代に始まる。当時、「朝日俳壇」の選者で、俳誌『倦鳥《けんちょう》』（大正四年十一月、『寶船』〈明治三十四三月創刊〉を改題）を主宰した松瀬青々がいた。その周辺には、明石の横山蜃楼（『漁火』主宰）、神戸の首藤素史（『新田』主宰）、大和の野田別天楼（『雁来紅《がんらいこう》』主宰）、大阪の武定巨口（『かつみ』主宰）、河内の西村白雲郷（『未完』主宰）、紀伊名手の小倉占魚（『初鮎』主宰）らがおり、これら所謂倦鳥系の俳人から、その後右城暮石、細見綾子らが育った。

当時の句友の一人古川巻石は、木城について「『倦鳥の雑兵、足軽どもでも他派に移れば、必ず一国一城の主になれる。』と言い振らされた厳しい倦鳥圏内での修練、難行苦行を克服なし、淡々としておられた真の俳人であった。」（『句集山塊―木城遺稿』教育出版センター、昭和五十九年五月十四日発行）の「序」に記している。数人の書生を置き、固定患者も付き始めて、順調な歯科医師としての出発であったが、リウマチを患い別府や南紀での温泉療法を試みたが思わしくなく帰郷する。大正三、四年のころであったという。

帰郷後の吉川木城は、歯科医師を開業しながら句作に没頭、遠方での句会にも出かけ、自宅でもしばしば句会を開いた。戦後間もなく、昭和二十一年七月十四日、六十五歳で歿したが、自宅には遺作や当時の句会の様子を伝える資料などが、最近まで保存されていた。ヒサ夫人は、平成三年五月十五日、一〇四歳で他界したが、明治天皇崩御のことや、乃木大将の武勇談、それらを伝える号外を手にしたことなど、生前のご本人から私は親しくお聞きしたことがある。

往時を回想した「夫・吉川木城の想い出」（前出『句集山塊』）に、次のような記述がある。

昭和の初年の頃の事ことです。青々先生が木城居へお越し下さることになりました。駅までお迎えにあがるべく、地方の方々は集まって下さいました。名手の小倉占魚さんもお越しになっておりましたところ、まだ時間が早いからとて、紀の川のあたりへ連れて出て行きまして誰も居ません。そこへ先生が粉河から打たれた電報――「コノキシャニノル」が届きました。お迎えに行く人が誰も帰って来ません。間もなく汽車が着きます。家内のわたくし、常着のまま走りました。／高野口駅でお遍路さん姿の先生ご夫婦をお迎え致しました。その夜は、御一泊なさっていただきました。／暮に着て春夜の風呂を頼みけり　青々／短冊をいただきました翌日は、高野口で句会を催しました。／右、五十年程昔の事です。昭和五十八年秋

松瀬《まつせ》青々《せいせい》を迎えて

昭和の暮れ、私は高野口の吉川家で、青々の次女・黒田百合子氏とお会いし、親しくお話を伺ったことがある。ヒサ夫人も健在であった。青木茂夫著『評伝松瀬青々』（額田天方、昭和四十九年十二月十

五日発行）に、青々の「西国巡礼」（二〇四頁〜二一一頁）の項目があり、口絵写真には昭和八年四月に咏子夫人と旅に出る二人の巡礼姿が掲載されている。高師浜の青々の自宅庭で撮影されたものである。その二人の巡礼の様子が、次のように記されている。

青々は、汽車にも電車にもバスにも乗ったのであるが、それがかえって人目をひいたようである。六十五歳の老俳人と、笠の下から厚化粧した白い顔を見せる二十八歳の妻女との取り合わせは、どう見ても艶っぽいが、青々自身は、人間本来無一物のひょうひょうとした気分に喜悦して歩き始めるのである。（二〇六頁）

青々は、大正十二年十二月に、妻トメを亡くし、昭和四年一月に荒木よし江（俳号咏子）と再婚した。この巡礼の旅の途次、高野口の吉川家に宿した二人は、粉河寺（西国三番）に詣でた後であった。二人の西国巡礼は、和歌山道成寺から始まり、熊野三山、白浜、湯の峯から那智山（西国一番）、紀三井寺（西国二番）、粉河寺、槇尾山（西国四番）、高野山金剛峰寺、藤井寺（西国五番）と続いた。ヒサ夫人の回想記（前述）にある「昭和初年」とは、昭和八年四月であったことが分かる。

ところで、高野口在住の俳人藪本三牛子《やぶもとさんぎゅうし》（天狼同人）は、句集『臨川集』（木食発行所、昭和四十一年十月十五日発行）の「跋」に「大正六年一月五日粉河寺十禅律院に松瀬青々師を迎えて句会が」催されたとある。これを機に、和歌山県北部の紀ノ川周辺の俳人たちは悉く『倦鳥』（主宰・右城暮石）の傘下にはいり、間もなく吉川木城を中心に「木川会」が発足した。彼らは、地元の大日寺（谷口南葉住職）で定期的に句会を開き、首藤素史、西村白雲郷の関係する雑誌に熱心に投句を続けたのであった。

以上見てきたように、吉川木城の作句活動は、大正期の半ばから松瀬青々の歿する昭和十二年の間に集約される。それは、大正六年の粉河寺十禅律院での句会を契機に、いっそう本格化されたものであっただろう。彼らの活動は、句誌『倦鳥』から西村白雲郷の『未完』、山口誓子の『天狼』と紀ノ川周辺の紀北俳壇とを結びつける先駆的な役割を果たしている。すなわち、彼らは遠い子規の門流として、この地に近代俳句の狼煙を揚げたのであった。

木城は、昭和二十一年七月十四日、現在の橋本市大字名古曽小字浦之段一〇二〇番地の自宅で歿した。数え年享年六十六歳。法名は「徹頌院巧信木城居士」。

松瀬青々とその没後

昭和十二年一月九日、青々は高師浜《たかしのはま》の自宅で歿した。享年六十九歳であった。「月見して如来の月光三昧や」が絶句となった。法名は「月光三昧院釈青々居士」。当時の粉河寺住職逸木盛照は、直ちに追悼文「青々師を偲ぶ」（『一乗』第四十五号、昭和十二年二月一日発行）を寄せ、生前の交流について熱い思いを記した。その中で「俳壇に人多しと雖も東に虚子、西に青々は動かすことの出来ぬ大きな存在であつた」とし、初対面が「大正十年の秋、私の寺で紀北同人の集まりであつた」ことを明記している。

知られるように子規は、「大阪に青々あり。青々の句は昨夏始めて之をみる、而して始めて見るの日既に其堂に上りたるを認めたり。」（「明治卅一年の俳句会」『ホトトギス』第二巻第四号、明治三十二年一月発行）と評価した。子規の認めた青々の句の特色は、「豪宕」「高華」であり、よく「典拠」「漢語」を用いて、即興や晦渋に陥っていないという点にあった。この年の四月、青々は子規の病気見舞いを兼ねて上京、虚子の案内で根岸の子規を訪ねた。九月には、勤務先の第一銀行を退社、単身上京して『ホトトギス』の編集に関与するが、翌年五月には帰阪して大阪朝日新聞社に就職、俳句欄選者となり、『倦鳥』の前身『寶船』（明治三十四年三月創刊）を主宰した。以来、大阪を中心として、青々の俳句活動が盛んとなったのである。

青々没後の『倦鳥』は、次男吉春を発行人とし、同人の共同体制での編集・経営を決めた。同人の一人で、戦後、山口誓子の『天狼』に属した右城暮石は昭和三十一年に『運河』を興し主宰となった。平成二年に『運河』は茨木和生に継承されたが、令和四年に谷口智行がそれを受け継いでいる。なお、昭和四十三年一月に、古川巻石の編集・発行による復刊『倦鳥』一号（倦鳥新社）が出た。私は、復刊第十四巻第二号（昭和五十六年二月十日発行）を所持しているが、主宰は当時九十一歳の東大寺長老狭川明俊（俳号月甫）となっている。

古川巻石は、松瀬家に遺された資料を保存するのを目的に、知人の額田天方《ぬかだてんぽう》に依頼し庭園の別棟に「倦鳥文庫」（現・東大阪市）を開設して現在に至っている。

（『子規研究』第89号、令和五年九月。原題「俳人・吉川木城のこと―昭和初期の子規の門流―」）

〔三〕 高野山ゆかりの俳人たち

——句碑を訪ねて——

はしがき

ここでは、高野山の境内に建てられている俳句（俳諧）関係の碑を取り上げて、その背景や作品の世界を鑑賞する。その対象は、松尾芭蕉、宝井其角、松尾塊亭など江戸期のものから、近現代の高浜虚子、池内たけし、高浜年尾、富安風生、中山義秀、大野林火、趙樸初、志太野坡、田村木国、山口誓子、阿波野青畝、森白象、鷹羽狩行に至る。

これらの文学碑は、いずれも奥の院に至る参道の近くや、もしくは各寺院の境内に建てられたもので、一般の参詣者や観光客の方々の目に触れる場所にある。それらの碑を改めて検証しながら、高野山と俳句（俳諧）文学との関りについて考えてみたい。

主な参考文献は、本書の末尾に一括して記載したが、必用に応じて本文中にその都度注記したものもある。なお、各作者の履歴などは最小限に留めた。

松尾芭蕉　まつお・ばしょう　（正保元年〈一六四四〉～元禄七年〈一六九四〉）

父母のしきりにこひし雉子の声　芭蕉

中の橋・公園墓地の左に碑がある。高野山には、芭蕉の故主・藤堂良忠（俳号蟬吟《せんぎん》）や、父母の霊位が祀られている。この句は、貞享五年（一六八八）春、四十五歳の時の作。この年二月十八日、亡父三十三回忌追善法要が故郷伊賀で行われた。句の収録された『笈の小文』によれば、芭蕉は、貞享四年十月二十五日に江戸を出発、翌年の四月二十日まで約六か月の旅に出た。途中、郷里で年を越し、三月十九日まで滞在した。『笈の小文』の記述は、高野山を下山し、南紀和歌の浦、紀三井寺に及ぶが、その後須磨に至り一泊したところで終わる。郷里に滞在中、芭蕉は良忠の子・良長（俳号探丸《たんがん》）の屋敷の花見に招かれ〈さまざまのこと思ひ出す桜かな〉と詠んだ。若き日に愛顧を受けた主君藤堂良忠や、往時のことを思い出したのである。行基菩薩作〈山鳥のほろほろと鳴く声聞けば父かとぞ思ふ母かとぞ思ふ〉（『玉葉和歌集』）を踏まえている。碑の建立は、安永四年（一七七五）十月十二日、書は池大雅。芭蕉八十二回忌に、大島蓼太が撰文揮毫した「雉子塚の銘」が記されている。紀州の俳僧塩路沂風《きふう》により建立。芭蕉に同行した万菊丸（坪井杜国《とこく》）に〈散る花に髻《たぶさ》はづかし奥の院〉の句がある。奥の院では、僧侶の姿こそが相応しく、髻のままの自分が恥ずかしいと思ったのである。芭蕉は、旅の辛苦と悦びを「風雅ある人」との出会い、瓦石のうちに見出す「玉」、泥中に得た「金」に喩えて、その意義を説明している。「踵は破れて西行にひとしく」などと先人の旅を偲びながら、芭蕉は、杉木立に囲まれた高野山の奥の院を訪ね、亡き父母への恋慕を、雉の鳴き声に重ねた。切なくも、高雅な心の表現である。

宝井其角　たからい・きかく　〈寛文元年〈一六六一〉～宝永四年〈一七〇七〉〉

卯塔の鳥居や實にも神無月　其角

穂積（老鼠堂）永機　ほづみ・えいき　〈文政六年〈一八二三〉～明治三十七年〈一九〇四〉〉

灯火を浮世の花や奥の院　永機

高野山奥の院参道分岐点に、道標のように建つ句碑であり、墓碑でもある。碑の正面に「鈴木里見累代之霊　其角堂」、北面に「明治壬午卯月　里見田女山本帍子建之」とある。明治十五年（一八八二）四月の建立である。其角は、芭蕉十哲の筆頭に数えられる著名な俳諧師。元禄七年（一六九四）九月、大和から紀州路を経て翌月は大坂に至り、芭蕉臨終の座にも立ち会ったと伝えられる。芭蕉の臨終は十二日申の刻、最後の句は〈旅に病で夢は枯野をかけ廻る〉であった。後年、山陰石楠氏の調査によって、この句碑に刻まれた宝井其角とされる句は、其角から約百八十年後、江戸深川に住んだ別人の江戸座其角堂六世鈴木義親の作であることが判明した。鈴木義親〈安永六年〈一七七七〉～嘉永五年？〈一八五二？〉〉は、別名穂積永機、深川永機、六世其角堂鼠肝を名乗った。なお、周知の穂積永機〈文政六年〈一八二三〉～明治三十七年〈一九〇四〉〉は、幕末、明治初期の俳人、本名は善之。父は、六世其角堂鼠肝、母は里見。「鈴木里見」とは、この母のことであろうか。（この稿は、大阪市立中央図書館〈2210006〉レファレンス協同データベースに拠った。）「卯塔」は墓石のこと。「御影石で築かれた鳥居をくぐると、ここには神様はいらっしゃらない。奥の院は、御仏の居ます所だから」の意。「神無月」を掛けている。其角は、江戸派（江戸座）の祖として奇警な譬喩や見立てを特色とした句を作ったことで知られる。その句風は、蕉風から離れ、洒落風に傾き、それが都会的な嗜好にあったのである。

松尾塊亭　まつお・かいてい　（享保十七年〈一七三二〉～文化十二年〈一八一五〉）

霧となる香の薫や九百坊　塊翁

正面に、塊亭の句。左に「文政十丁亥秋七月十四日為／十三回追福門人何某等建立」と刻まれる。一の橋を過ぎ参道の右手。碑陰には「塊華始發正風南薫／塊乎不朽千歳遺墳／紀藩五橋亭風圭誌」とある。松尾塊亭は、紀州藩士松尾隆弘、紀州俳壇中興の祖とされ、門人数百人を擁した。文政十年（一八二七）、十三回忌に碑が建てられた。揮毫の五橋亭風圭は紀州藩士吉田半左衛門で、文化十一年に塊亭から二代目を受け継いだ。塊亭の死後、和歌山の俳壇は、向井去来の流れを汲む「帰去来派」と各務支考の「美濃派」の二流に分かれた。「お香の薫が霧となって、辺り一面に漂っている。ここには数えきれないほどの僧房が立ち並んでいる」の意。清澄で厳かな空間が広がり、高野山の秋の趣が伝わる。なお、慈尊院（九度山町）境内の奥にも「妻乞の夢の一声夜の雉子《きぎす》」と刻まれた碑がある。苅萱堂にまつわる道心の物語に心をよせたものか。芭蕉の「父母の」句に重ねて、雉子の一声を聞いたのかもしれない。「父母」への思慕が、「妻乞」と変奏したところに、作句の妙が感じとれる。

高浜虚子　たかはま・きょし　（明治七年〈一八七四〉二月二十日～昭和三十四年〈一九五九〉四月八日）

炎天の空美しや高野山

昭和二十六年六月十日建立。奥の院御供所南側に建てられた。第一回の高野山俳句大会を記念した碑である。刻まれた作は、昭和二年のもの。「高野山俳句大会」は、金剛峯寺で催された。「うだるような炎天の空も、高野山から仰げば、美しく見える」の意。虚子は、生涯に何度も高野山を訪れ、釈迦誕生の日に、「人の世の今日は高野の牡丹見る」と詠んで歿した。八十五歳であった。

琴瑟に仏法僧も相和して（普賢院）

昭和三十二年八月一日建立。普賢院境内に、森寛紹（白象）によって建立された。仏法僧の鳴き声と、琴瑟の音色とが高野山の空間に響き合う。何と幻想的で、深遠な世界であることか。「琴瑟相和す」は、夫婦仲の良い喩えに用いられるが、もと『詩経』に「妻子好合、如、鼓琴瑟」とあることに由来する。正岡子規も、「今の日本の婚姻の不都合なるは各家とも概ね琴瑟相調はず風波時に生ずるを見ても知るべし」（『筆まかせ』）と記した。森寛紹は、愛媛県の出生、虚子に師事して深く俳句に親しんだ。高野山第四百六世座主。なお、「仏法僧」は古来「ブッポウソウ」と鳴くとされ、霊鳥として尊ばれたが、近年、実際には異種の「木葉木菟」の声で、夜に鳴くことが判明した。前者を「声の仏法僧」、後者を「姿の仏法僧」として区別される。夏の季語。

池内たけし　いけのうち・たけし　（明治二十二年〈一八八九〉一月二十一日〜昭和四十九年〈一九七四〉十二月二十五日）

朝寒や我も貧女の一燈を　たけし

昭和四十七年十月八日建立。場所は、奥の院の関東大震災霊牌堂の東隣。「貧女の一燈」は奥の院の燈籠堂にある。南北朝時代の作とされる『曾我物語』に「朝夕のいとなみだにもなきひんじょなれば、一燈の力もなし」とある。これを踏まえた作か。池内たけしは、高浜虚子の次兄・池内信嘉《のぶよし》の長子として愛媛県に生まれた。本名・洸《たけし》。東洋協会専門学校（現在、拓殖大学）中退後、宝生流の能楽師を目指したが、師の宝生九郎の死去により断念。大正二年（一九一三）頃から、叔父の虚子に就いて俳句を始め、『ホトトギス』同人として編集に携わった。昭和七年（一九三二）に同人誌『欅《けやき》』創刊、没年まで主宰した。句集『たけし句集』（昭和八年）、『赤のまんま』（昭和二十五年）、『その後』（昭和四十八年）、『散紅葉』（昭和五十二年）等。碑は、普賢院の森寛照（白象）によって建てられた。

高浜年尾　たかはま・としお　（明治三十三年〈一九〇〇〉十二月十六日〜昭和五十四年〈一九七九〉十月二十六日）

一水の緑蔭に入るところかな　年尾

奥の院参道に建つ句碑。参道の側面には、細い溝が流れている。「一水」とはそのことかと思われる。ちょろちょろと流れる水が、奥深い緑陰の中へ注ぎ込まれる風情がある。夏の暑さも、ここではまさに「緑陰」の涼しさが感じられる。高浜年尾は、虚子の長男。昭和二十二年には父の虚子から『ホトトギス』の経営を任され、その後は後継者として活躍した。俳人の稲畑汀子は父年尾、母喜美の次女。碑は、昭和五十七年四月の建立。

富安風生 とみやす・ふうせい　〈明治十八年〈一八八五〉四月十六日〜昭和五十四年〈一九七九〉二月二十二日〉

一山乃清浄即美秋の雨　風生

一の橋の坂下、右側に建つ。「一山乃清浄」の表現には「六根清浄」の思いが下地にあるようだ。視覚・嗅覚・味覚・聴覚・触覚の五感と、意識を併せた器官が人には備わっている。それを眼根・鼻根・舌根・耳根・身根・意根の六つで表現する。それらが心的作用に働く六つの器官と捉え、仏の境界に入るには、六根を清めることの大切さが説かれる。高野山の山全体は、霊場としての清浄の宇宙である。いまここに降る秋の雨は、「一山の清浄」そのものであるの意。経文風に漢字を連ねた句である。昭和三十九年九月十九日建立。高野山若葉俳句大会記念に詠まれた。風生は、高浜虚子に師事し、山口誓子、水原秋桜子、山口青邨らと東大俳句の担い手となった。『ホトトギス』同人で、一貫して写生句を目指したが、繊細な情感とともに艶のある軽みに特色を示した。

中山義秀 なかやま・ぎしゅう　〈明治三十三年〈一九〇〇〉十月五日〜昭和四十四年〈一九六九〉八月十九日〉

昭和十三年、「厚物咲」で芥川賞を受賞した作家の碑。一の橋から坂を上り、少し歩くと右手に横長の碑がある。次のように刻まれている。

在りし日のかたみともなれ　かげらふ塚

なかやま　義秀　すみ

中山義秀は、昭和二十七年に一人で高野山を訪ね、三宝院に滞在して「高野詣」を執筆した。この時、住職の草繋全弘と親交を深めた。一般に「かげらふ塚」と呼ばれ、文学碑でありながら義秀と妻すみの所謂逆修碑でもある。「この世に生きた証としてなって残れよ、このかげろふ塚に」の意。義秀は、大正十二年早稲田大学卒業後、郷里に近い会津坂下町の赤田敏と結婚、英語教師として三重県津市の津中等学校（現在の津高校）に赴任した。しかし、生活は困窮し、次男、三男を亡くし、昭和十年には最愛の妻と父に死別した。三十五歳の時であった。昭和十七年に再婚した先妻の真杉静枝とは、昭和二十一年に協議離婚。翌年、長女・玲子の結婚を機に、会津の江川澄子と結婚した。義秀、すみ夫妻が死去した後、娘の玲子が義秀とすみの遺骨を塚の下に埋葬した。碑は、義秀の自筆で、昭和三十九年の建立。

大野林火　おおの・りんか　（明治三十七年〈一九〇四〉三月二十五日～昭和五十七年〈一九八二〉八月二十一日）

この山の真如の月とひきがえる　　林火

高野山南院（浪切不動尊別当）の境内にある。弘法大師空海が唐から帰朝する折り、海上の浪を鎮めたとされる不動明王を本尊とする。碑の裏面に「大野林家先生古稀記念　1974・9・29　門下生」と刻まれる。石碑の前に、「濱俳句会一同」と記された石燈籠がある。林火は横浜出身の俳人、臼田亜浪の「石楠《しやくなげ》」に参加したが、昭和二十一年『濱』を創刊・主宰し、俳人協会会長を務めた。横浜一中時代の同窓に、後の高野山大学教授となった荻野清がいた。また、『濱』同人で南院住職の内海有昭とその夫人が中心となり、年一度の句会が催された。裏山を散策中、真如のような月の下で蟇蛙が蠢いていた。そのときの感慨を詠んだ作。昭和四十九年九月二十九日建立。その後、昭和五十八年に林火の分骨が碑の下に納められた。

趙樸初　ちょう・ぼくしょ　（明治四十年〈一九〇七〉十一月五日～平成十二年〈二〇〇〇〉五月二十一日）

碑に刻まれた漢訳俳句（漢俳《かんぱい》）の作者は、中国仏教の指導者で、詩人・書家。安徽省に生れ、難民救済など社会福祉の分野でも尽力した。中国仏教協会の要職にあり、仏教と現代社会の関係を追究し、中国仏教の復興に努めた。「漢俳」は俳句の五・七・五に倣い十七字の漢字を三行に配列し、季題を入れて韻を踏む。日本の俳句形式に基づく、新しい漢詩のスタイルである。昭和五十五年（一九八〇）五月、中日友好協会の招きで、大野林火を団長に俳人協会一行が訪中、この時に「漢俳」が生まれた。
以下に刻まれた漢俳碑は、昭和五十九年（一九八四）、弘法大師空海御遠忌一一五〇年に際し高野山大師教会の境内に建立された。山陰石楠氏の解説文と読み下し文がある。

山魏々高野山（山ハ魏々タリ高野山）
金剛峯上月輪圓（金剛峯上ノ月輪ハ圓ニシテ）
霊気満人間（霊気ハ人間ニ満ツ）
西望長安海接天（西ニ長安ヲ望メバ海天ニ接ス）
求法憶當年（當ニ法ヲ求メシ年ヲ憶フベシ）
秘府為開門（秘府為ニ門ヲ開キ）
豈獨金胎両部承（豈ニ獨リ金胎両部ヲ承ケシノミナラズ）
文鏡自通明（文鏡ヲ自ヅカラ通明ス）
霧集復雲連（霧集リ復タ雲連ナリテ）
両邦世々弟兄縁（両邦世々弟兄ノ縁タラン）
深誓踵前賢（深ク前賢ニ踵ヲ誓フ）
弘法大師示寂一千一百五十年歳次甲子春
趙樸初　作頌並書

志太野坡　しだ・やば　（寛文二年〈一六六二〉一月三日～元文五年〈一七四〇〉一月三日）

鶯や木末は鴉置きながら

作者は江戸前期から中期の俳諧師。志田、志多とも表記する。別姓は竹田。越前福井の生まれで、宝井其角、松尾芭蕉に学び、元禄七年に『すみだはら』（炭俵）を編集刊行した。蕉門十哲のひとりで、芭蕉の遺書の代筆をしたほどの人、「軽み」の俳風では随一といわれた。宝永元年、大坂に居を移し、関西地方や九州までを行脚して多くの門弟を擁した。「鶯が鳴いている。なんと、その木の枝先には鴉がとまっているのになあ。」の意。木末（こぬれ）は梢のこと。

田村木国　たむら・もっこく　（明治二十二年〈一八八九〉一月一日～昭和三十九年〈一九六四〉六月六日）

山門を出でて秋日の谷深し

木国は、本名田村省三、大阪朝日新聞の記者・俳人として活躍した。全国中等学校優勝野球大会（現在の全国高等学校野球選手権大会）を提唱、大正四年（一九一五）八月十八日に豊中球場で第一回大会が開催された。高浜虚子に師事し、俳誌『山茶花』（大正十一年創刊）を創作の基軸に据えた。高野山の大門から眺める夕日は壮観である。山門を出た途端、鳴子谷深くに沈む秋の夕日に接すると、すべてが浄化され、一日の終わりを実感することができる。それは明日へとつながる確かな手応えなのかもしれない。西方浄土を思わせる風景が、葛城山系・和泉山脈の向こうに広がり、ここは永遠の時空を体感できる場所でもある。木国の句は、このような時空との遭遇によって成立したものである。句碑は、昭和三十二年七月二十一日、総本山金剛峯寺の建立。碑は大門の入口に建つ。

山口誓子　やまぐち・せいし　（明治三十四年〈一九〇一〉十一月三日～平成六年〈一九九四〉三月二十六日）

夕焼けて西の十万億土透く

公園墓地英霊殿の手前右側にある碑。昭和二十二年八月発刊の句集『晩刻』に収録された句。「夕焼けの空を、高野山から眺めると、この世から西方の極楽浄土にゆくまでの無数の仏土が透けて見えるよ」の意。昭和三十六年六月建立。誓子は京都の生まれ、本名は新比古《ちかひこ》、京大三高俳句会で日野草城を知り『ホトトギス』に投句、大正十一年に虚子に出会う。東京大学法学部から住友合資会社に就職、その間東大俳句会、『ホトトギス』同人として句作に専念、現代俳句の旗手として、旋風を巻き起こした。その後、水原秋桜子の『馬酔木』に加盟、さらに昭和二十三年には、『天狼』を創刊・主宰した。なお戦前から戦後にかけて、松瀬青々の『倦鳥』に属した紀北在住の数多の「俳句愛好家の多くは、『天狼』と右城暮石の『運河』に吸収されていった」（北川久）という。

阿波野青畝　あわの・せいほ　〈明治三十二年（一八九九）二月十日～平成四年（一九九二）十二月二十二日〉

牡丹百二百三百門一つ　青畝

昭和五十八年十一月廿日　総本山金剛峯寺

かつらぎ主宰　阿波野青畝

阿波野青畝は、奈良県高取町《たかとりちょう》の生れ、本名は橋本敏雄、後に阿波野家を継いだ。畝傍中学（現在の畝傍高校）時代に教師で俳人の原田浜人に学んだ。大正六年、原田宅で高浜虚子と出会い、以来俳誌『ホトトギス』で活躍、昭和はじめには秋桜子、誓子、素十と並び四Sと呼ばれるようになった。昭和四年、俳誌『かつらぎ』を創刊・主宰して、関西俳壇の重鎮となった。石碑の句は、昭和二十六年六月の第二回牡丹句会の折りの作。この前年の五月、島根県大根島《だいこんしま》の牡丹千株が、高野山に寄贈され、第一回の牡丹句会が催された。この句は、句集『紅葉の賀』（昭和三十七年）に収録されている。「歩くにつれて、牡丹が百、二百、三百と増えて来る、振り返れば門は一つ」の意。句風は自在で温かく、ユーモアに富んでいる。句碑は、増福院の山門前にある。

森白象　もり・はくしょう　〈明治三十二年（一八九九）五月三十一日～平成六年（一九九四）十二月二十六日〉

涼しさや奥の院まで坂もなく　白象

碑陰には、

高野山真言宗管長　第四百六世金剛峯寺座主
大僧正　森寛紹　和尚　白象と号す
弘法大師御入定壱千百五十御遠忌奉修記念建之
昭和五十九年五月二十日

とある。

森白象は愛媛県生れ、明治四十三年に高野山普賢院に入寺、昭和二年に高浜虚子に出会い師事する。『ホトトギス』同人として、俳人としても活動した。句碑は、奥の院英霊殿前の平和橋東詰に建つ。「夏でも涼しさを感じさせる高野山だなぁ、奥の院までは坂もなく平坦な道が続いているよ」の意。爽やかな、軽みを感じさせる淡白な、それでいて味わい深い句である。

鷹羽狩行　たかは・しゅぎょう　（昭和五年〈一九三〇〉十月五日〜）

人界へ流れて高野山の星　狩行

狩行は、山形県鶴岡市生れ、本名高橋行雄。昭和二十三年より誓子の『天狼』、二十九年から秋元不死男《あきもとふじお》の『氷海』に属した。昭和五十三年九月の『氷海』終刊に伴い、それを継承する形で翌月に『狩』を創刊・主宰した。第一句集『誕生』（昭和四十年）で俳人協会賞、第三句集『平遠』（昭和四十九年）

で芸術選奨文部大臣新人賞などを受賞。平成十四に、俳人協会会長、平成二十七年には、永年にわたる俳人としての功績で日本芸術院賞を受賞した。「人の世へと流れるように瞬く星よ、この聖地の星は」の意。瑞々しい抒情的な句風に特色がある。句碑は、霊宝館の近く、釈迦文院に建つ。

むすび

高野山に建つ句碑の中では、最もよく知られる芭蕉句碑であるが、このとき芭蕉は杜国（万菊丸）とともに、吉野の苔清水で西行を偲び、花をめでてから高野山に上っている（『笈小文』）。当時、高野山への道は、「黒《くろ》河《こ》道《みち》」（橋本起点）、「京大坂道《きょうおおさかみち》」（学文路起点）、町石道《ちょういしみち》（慈尊院・丹生官省符神社起点）の三道があったことが知られている。

芭蕉は、このうちどの道を辿ったのだろうか。ちなみに「黒河道」は山麓の宿場町として開け、高野山への近道であり、物資の輸送にも利用されていた。久保（九度山町）から粉《こ》撞峠《つぎとうげ》を越えて金剛峯寺から奥の院に至る道である（約十九km・徒歩約八時間）。また「京大坂道」は、京都、大阪から紀見峠を越え、学文路（橋本市）から不動坂に至る。江戸時代にはこの道がよく利用された。途中に苅萱堂があり、道心にまつわる遺跡が今も残っている（約十km・徒歩約四時間）。「町石道」は、空海が開いた修行道であり、高野参詣道の表参道である。大門をくぐり、壇上伽藍根本大塔から奥の院の御廟へと至る（約二十km・徒歩約八時間）。

芭蕉は、学文路から高野山に至る道を選んだのかも知れない。筆者もその地を訪ね、高野山に向かって歩いてみたが、先人の後を慕う芭蕉にとっては嗜好の道筋であったように思われる。なお、この地で芭蕉は苅萱道心と石童丸に思いを馳せ、「父母のしきりに恋し」の想が浮かんだのではないかとする説がある（岩橋哲也・俳号蘇風）。

高野山に建てられた江戸俳人の碑は、すべて芭蕉とその門流の人たちのものであることがわかる。なかでも、宝井其角の碑に刻まれた作は、後代の別人のものであり、その句碑建立の目的が、建立者の身内の墓標であることが判明した。高野山に建立される碑の目的は、それがたとえ文学碑であっても、死者への供養碑となっているのであった。

その意味では、作家中山義秀《なかやまぎしゅう》の碑も、生前に建てられた墓碑であり、そこはかとなく過ぎる陽炎のような人生を繋ぎとめる墓標でもあった。作品「高野詣」（昭和二十七年）の冒頭に「人の賢さは、たかが知れている。躓いてみなければ、解からない。／五十をなかば過ぎてから、高野は彼のイメージになっていた。年齢には年齢相当のイメージの世界がある。べつに信仰の有無には、かかわらない」とある。主人公西島の語りは、作者中山義秀の思いを代弁しているのだろう。この作品が収録される『碑・テニヤンの末日』（新潮文庫・初版昭和四十四年）の「解説」（河上徹太郎）は、「古来有名人の贖罪の聖地になっているこの古刹に対する作者の印象を加味した紀行文」としての意味を見出し、「作者の人間的成熟」（三一七頁）を読み取っている。

また、近代俳人の句碑の殆どは高浜虚子とその門流のものであることがわかる。句碑建立の契機は、高野山で催された句会である。子規俳句の流れを汲む俳人たちの作品ではあるが、それぞれの特色が生かされ、個性的な句風が高野山の歴史的な風土のなかで詠われている。彼らの俳句作品は、それぞれの心の調和を思わせ、美しい抒情詩を奏でている。それは、魂の鎮もりを思わせるものである。

趙樸初の「漢俳」は、第七祖唐の恵果阿闍梨から第八祖弘法大師空海にもたらされた真言密教の流れを、敬意をもって謳いあげた内容で特異なものである。彼は、一九五二年以降、中国仏教界の要職を歴任し「人間仏教」（じんかん仏教）の理念をもとに、仏教と現代社会との調和を絶えず考えていた。国際交流事業を通じて、寺院の修復や、衰微した中国仏教を復興する努力を惜しまなかった。昭和五十九年（一九八四）の弘法大師一一五〇年御遠忌には、中国仏教協会会長として、西安市の「恵果空海記念講堂」の建立に尽力した。この碑は、その功績を称えて建立されたものである。寄進者は、垣本剛一（当時、日本日中総合開発株式会社会長）である。垣本は、中国文化思想、漢方医学を専門的に発信する雄渾社（京都市）の創業に参与、長年にわたって相互理解のための出版活動に尽力した。趙樸初との交わりも深かったのである。碑の立つ大師教会の境内には、あわせて関連の記念碑が複数建立されている。高野山は、文化交流を通した日中両国の相互理解を象徴する場でもある。

以上、高野山に建つ俳句（俳諧）碑、漢俳碑などから、思いつくままに記した。

〔四〕空海と近代文学——漱石、佐藤春夫の言説を巡って——

（一）はじめに

生誕一二五〇年を迎えた弘法大師空海の事績を、現代社会に置き換えたとき、一体何が見えてくるだろうか。偉大な「お大師さん」を自覚し顕彰するにとどまらず、今を生きる我々にとっての「空海」について考えてみることは、もっと大切なことだろうと思われる。

空海の生涯は、知られる限り、旅と休息と、世界を救済するための日日《にちにち》であった。世界は大日如来の顕現であると悟った時点から、彼の思想の基軸には「虚空尽き、衆生尽き、涅槃尽きなば、我が願いも尽きん」という壮大な誓願が宿していた。また『性霊集』には、「大自然」に身を置き、癒しと再生を期す空海の本然の姿が謳われている。

さて、国家鎮護のための仏教を招来した時の帝と、それに応えた空海の生き方は、江戸時代を経て、こんにちに伝わり、いまなお人々の心に訴えかけ続けている。すべての人にとって、「生と死」は避けられない現実であり、時の流れを指す「無常」は、普遍的な原理でもあるからである。

ところで、明治維新以降、日本は欧米の文明を積極的に取り入れ、資本主義を軸に新しい生活様式を築こうと努めた。「脱亜入欧」をスローガンに、「廃仏毀釈」に至る、日本の近代国家の姿を通して、その後の歩んだ道筋と本質とを、実証的に考察する機会を持つことは極めて重要である。それは、一国の平和や国民の幸せを望むにとどまらず、いま直面する世界の喫緊の課題に積極的に立ち向かい、人類普遍の価値と現実とを獲得する行為に繋がるからである。

本稿では、「文学」の分野から、それらの課題と目的について読み解こうと思う。そもそも「近代文学」とは、一体何か。西欧では、特にフランス革命以降に生じた「自我意識」や「実証主義」を基盤としての、「自我の確立」や「科学の思想」の進展に関する市民意識の台頭があった。そして開かれた海を渡って、日本にもそのような考え方は流入したのであり、「文学」の世界に一貫する特色の一つも、概ねそのような方向にある。

近代における「自由主義」の精神は、個性の拡充に向かい、科学の進歩発展は現実の社会を解放する方向へと向かう。それらは、すなわち閉塞された「個」や「公」を開かれた世界へと導いたのであった。文学の分野では、それは「道徳」から解放された「文学の自律」を意味していたのであり、江戸期にみられた「勧善懲悪」の教本からも、「娯楽優先」の読み物からも脱却しようとするものであった。

ただ、それらの世界は単純ではなく、個々の作家や作品を紐解くと、互いに融和しまた乖離し、混沌とした世界が拡がっているのがわかる。唯に文学史の枠にあてはめて事足りるというわけにはいかないのであり、そこに「読みの可能性」の問題が生じるのである。「読み」は時代により、また世代の違いにより、さらに個々の体験によって違った様相を呈するであろう。「名作」は、読み換えられ深められて、さらに「古典」として生育してゆく。

以下に、日本の近代文学について、その特色の一端を整理しておきたい。

（二）近代文学の出発

まず、明治初期における「文明開化」の大きな特色の一は、「自由民権運動」にあった。その根底に流れる英米思想は、福沢諭吉の著作によって国民を啓発した。その著『学問のすすめ』（明治五年〜九年）、『文明論之概略』（明治八年）などは、実学思想・自由主義・民主主義の考えを伝え、それらは新しい文明の象徴として、当時の国民を大いに鼓舞したのであった。また、フランスで学んだ中江兆民は、『民約訳解』（明治十五年）によってジャン＝ジャックルソーの「社会契約論」を広め、それらが「自由民権運動」の基本的な思考となった。ルソーの考え方の中には、「理性」に対する「感情」の優位性があり、人為的な文明社会への懐疑は、やがて情熱の解放を説き、ロマン主義の源流を形成したのである。さらには、明治六年、キリシタン禁制が解かれ、新島襄は同志社大学を建設するに及んで、明治の「開化」は急速に進んでいった。

明治十年代には、そのような欧化政策に伴う潮流とともに、「自由民権運動」への民意の高まりが強くなる。薩長の藩閥から成る当時の政府は、これらに弾圧を加え抑止を強化したため、文学は自己表現の手段としての特色を持つようになる。所謂「政治小説」と呼ばれるもので、ジャーナリストや民間人が書き手となったが、それらは一時的な流行に終わった。

坪内逍遥の「小説神髄」（明治十八、九年）は、娯楽趣味・勧善懲悪の文学から「文学自体の価値の確立」と「人間探究の真義」の自覚を目的とする文学理論で、それは、江戸時代の文学から明治時代の文学への質の転換をもたらす契機となった。逍遥はイギリスに学び、シェイクスピアの研究者としても著名だが、「人情と風俗」の描写に主眼を置き、本居宣長の「もののあはれ」を高く評価した。みずからも小説『当世書生気質《かたぎ》』（明治十八、九年）を書いたが、その文学理論は、むしろ森鷗外の独逸帰国直後の小説『舞姫』（明治二十三年）に活かされている。

明治初期から中期にかけての文学は、翻訳や新体詩をはじめ、戯曲・詩歌・俳句・川柳・演劇各形態の文学が互いに刺激しあい、影響を受けながら発達したが、こんにち一般に定義される「近代文学」の主流は「小説」である。また、文体に着目すれば、小説は口語文によって書かれることが通常となった。古典文学では、全盛を極めた平安朝の物語や随筆、紀行文や日記文学などに使用された当時の文体がほぼ踏襲され、江戸期から明治期に至るまでそれが使用されていたのである。すなわち、口語体〈話しことば〉と文語体〈書きことば〉とが別途に使われたが、その慣例を断ち所謂「言文一致」が文学作品の文体に採用されるようになったことも、近代文学の特色の一つである。

一方、詩歌の分野に目を転じれば、明治中期にかけての浪漫主義は、主情的・空想的な生き方を最も強烈に発揮した与謝野晶子に代表される。彼女は、夫の鉄幹とともに新詩社を興し、雑誌『明星』を主宰して、その中心的な存在となった。第一歌集『みだれ髪』（明治三十四年）に収録された一連の大胆且つ奔放な情熱歌は、当時の人びとを瞠目させたのであった。浪漫詩の先駆けとなった島崎藤村の『若菜集』（明治三十年）と共に、この期の浪漫主義文学の双璧といえる。そのような風潮にあって、自然を観照することに主眼を置く歌人たちもいたが、なかでも、特に明星派に挑戦する形で登場した正岡子規は、日本古典からの脱却と再生を実現した意味で近代文学に大きな功績を残した。

子規は俳人として出発した希代の勉強家であり、それまでの古典俳諧を徹底的に整理・分類した。その過程で、芭蕉、蕪村の作品と出会い、それらを高く評価したうえで「写生」を基本に、新しい時代の俳句の確立に成功したのであった。また「歌よみに与ふる書」(明治三十一年)では、当時の和歌の典範とされた古今和歌集を否定し、万葉集を作歌の基軸に据えた「写生歌」を唱道した。

彼の目指す文学的特色は、日本古典を下地に、近代文学の蘇生を図るところに主眼があり、いたずらに欧米の理論を模倣しない点にある。その活動は、俳句・短歌にとどまらず、小説・評論・随筆・漢詩、新体詩など広範囲にわたり、また鋭い文明批評家でもあった。

子規の全貌は、未だ解明しきれていないが、俳句分野では、俳誌『ホトトギス』(明治三十年)、短歌分野では歌誌『アララギ』(明治四十一年)などの雑誌に継承され、高浜虚子、齋藤茂吉らの門流によって、その精神は現代にまで及んでいる。子規の、三十五年の短い生涯に凝縮された文学革新の真髄が、世界に類を見ない「花鳥諷詠」の精神に活かされている点を特筆せねばならない。

また、日露戦争以後に日本文壇の主流となった自然主義文学は、フランス文学の強い影響を受けて、社会の暗部を照らし、自己告白の方向へと向かう。田山花袋、国木田独歩、浪漫詩人から転じた藤村らがその代表作家である。漱石や鷗外は彼らと同時代を生きながら距離を置き、独自の文学世界を切り拓いていった。特に漱石は江戸気質の洒脱と漢詩・俳句の素養を基盤に、余裕をもって人生を観照した。「余裕派」の作家と呼ばれる所以である。高級官僚でもあった鷗外は、変節を繰り返しながら、晩年には、歴史小説・史伝小説に力を注ぎ、みずからの文学を「あそび」と表現した。

（三）語りかける漱石――「個人主義」への道――

明治四十四年の夏、数え年四十五歳の漱石は、朝日新聞社の主催する関西方面への講演会に出かけた。前年の春には胃潰瘍に罹患し、夏に修善寺温泉に転地療養、療養先で大吐血し、四ヶ月以上の入院生活を送っている。明けて翌年の晩春には、信州、越後路へ講演旅行に出かけ、八月には関西に赴いて、明石・和歌山・堺・大阪での聴衆に語りかけ自説を披露したのである。講演会の後、胃潰瘍が再発して大阪の湯川胃腸病院に入院、九月十三日に退院して帰京する。漱石にとって、まさに命を賭した講演旅行であったかも知れない。

以下の（ｉ）～（iv）はその講演会での内容の要点を引用したものである。要点を《 》内に抜粋して引用する。（ｖ）は大正三年に学習院で催された講演録「私の個人主義」の内容を整理したものである。

（ｉ）「道楽と職業」（明治四十四年八月十三日、明石市）

《私は芸術家というほどのものでもないが、まあ文学上の述作をやっているから、やっぱりこの種類に属する人間といって差支えないでしょう。しかも何か書いて生活費を取って食っているのです。手短に言えば文学を職業としているのです。けれども私が文学を職業とするのは、人のためにするすなわち己を捨てて世間の御機嫌を取り得た結果として職業としていると見るよりは、己のためにする結果すなわち自然なる芸術的心術の発現の結果が偶然人のためになって、人に気に入っただけの報酬が物質的に自分に反響して来たのだと見るのが本当だろうと思います。》

ここに述べられた「道楽と職業」は、長編小説「それから」（明治四十二年）の長井代助の職業観として作中で語られる内容である。一般には、「職業」は生活のためにある。それは、かならずしも「己のためにする仕事」ではない。しかし、自分の場合は「己のためにする結果」が「偶然人のためになって」、その分だけの「報酬」を得ているのだという。

漱石は「科学者」「哲学者」「芸術家」などは、「他人本位」では成り立たないという。それは、後の「私の個人主義」に語られる「自己本位」の生活と「他人本位」の生活という概念と呼応する。「自己本位」の職業は、かならずしも生産的な仕事ではないので「道楽」と名付けたが、当時の「実学」を重視する風潮への揶揄も籠められた表現である。

漱石の職業観は、組織の中での「他人本位」の働き方を危惧したものであり、資本主義社会における労働者の将来を見据えたものであった。表層的な共同社会は、個々の人間の孤立化を押し進め、心の空虚をもたらすことになる。やがて肥大化する管理社会への警鐘と捉えることもができる。

（ⅱ）「現代日本の開化」（同十五日、和歌山市）

《私は昨晩和歌の浦へ泊りましたが、和歌の浦へ行って見ると、さがり松だの権現様だの紀三井寺《きみいでら》などいろいろのものがありますが、その中に東洋第一海抜二百尺と書いたエレベーターが宿の裏から小高い石山の巓へ絶えず見物を上げたり下げたりしているのを見ました。（略）があれは生活上別段必要のある場所にあるわけでもなければまたそれほど大切な器械でもない。（略）すなわちできるだけ労力を節約したいという願望から出て来る種々の発明とか器械力とかいう方面と、出来るだけ気儘に勢力を費やしたいという娯楽の方面、これが経となり緯となり千変万化錯綜して現今のように混乱した開化という不可思議な現象ができるのであります。》

ここで漱石の語りかけているのは、昨晩泊まった宿での体験だが、やがてそこから発展する「現代文明論」であり、長編小説『三四郎』（明治四十一年）『それから』（明治四十二年）などに繋がるテーマを含み、また『行人』（大正元年）の創作動機にもなったものである。

《既に開化というものがいかに進歩しても、案外その賜としての吾々の受くる安心の度は微弱なもので、競争その他からいらいらしなければならない心配を勘定に入れると、吾人の幸福は野蛮時代とそう変わりはなさそうである。（略）現代日本が置かれたる特殊の状況によって吾々の開化が機械的に変化を余儀なくされるためにただ上皮を滑って行き、また滑るまいと思って踏ん張るために神経衰弱になるとすれば、どうも日本人は気の毒と言わんか哀れと言わんか、誠に言語道断の窮状に陥ったものであります。》

漱石は、「開化」とは「人間活力の発現の経路」と定義し、この「活力」の仕方を「積極的」と「消極的」に分け、前者を「出来るだけ気儘に勢力を費やしたい」「娯楽」と、「反対に「勢力を節約したい」「願望」に分類している。つまり、活力の「消耗」と「節約」であり、これを、さらに「義務」と「道楽」の二義に整理した。この両者が混乱して進むために、「現今のように混乱した開化」が始まったと見たのである。

西洋の「開化」（一般の「開化」）は、自然に発展したもので、「内発的」であったが、それに対し、我が国の「開化」は「外発的」、つまり自覚しないままに開かれたものであったというのである。維新後の日本は、ほぼ二百年の鎖国の夢から覚めて、急速に「欧米化」した。漱石は、そのような「開化」の様相を痛烈に揶揄したのである。

日本の「外発的」な「開化」によってもたらされるのは、心の「空虚」であり「不安」である。それを「涙を呑んで上滑りに滑って行」くのか、また「滑るまいと踏ん張るために神経衰弱になる」しかないとすれば、「日本人」はまさに「言語道断の窮状に陥った」と言わざるを得ない。「西洋文明」の「負」の部分が大きく取りざたされる今日の現状を、漱石の視点を通してどう克服するのか。「脱亜入欧」論にいち早く警鐘を鳴らした漱石の慧眼から、学ぶべき事柄はあまりにも大きい。

(ⅲ)「中味と形式」(同十七日、堺市)

《四五年前日露戦争というものがありました。ロシアと日本の何方が勝つかという随分な大戦争でありました。日本の国是はつまり開戦説で、とうとうあのロシアと戦争をして勝ちましたが、あの戦を開いたのは決して無謀にやったのではありますまい。必ず相当の根拠があり、研究もあって、ロシアの兵隊が何万満州へ繰出すうちには、日本ではこれだけ繰り出せるとか、あるいは大砲は何門あるとか、兵糧はどのくらいあるとか、軍資はどのくらいであるとか大抵の見込みは立てたものでありましょう。》

漱石は、「形式」よりも「中味」を重視する。この漱石の言説の背景には、大逆事件・社会主義の問題が潜んでいるようである。当時は、文学の世界では「自然主義」が旺盛を究め、また「個人主義」が流行り出すと、それらは「危険思想」として当局に睨まれるようになる。

これらの社会現象に対して「一言にしていえば、明治に適切な型というものは、明治の社会的状況、もう少し進んで言うならば、明治の社会的状況を形造る貴方方の心理状態、それにピタリと合うような、無理の最も少ない型でなければならないのです」と発言している。

所謂保守的な「形式」主義者と、進歩的な「中味」主義者を対置させ、漱石の口調は穏やかながら、現実的な生活者の立場で発言している。つまり、新しい時代の、国民の求める精神生活の変化に応じて「無理の最も少ない型」を提唱したのである。漱石は、常に人間の心の内奥を見つめ、その「心理状態」を大切にしたのであった。

(ⅳ)「文芸と道徳」(同十八日、大阪市)

《我々人間としてこの世に存在する以上どう藻掻いても道徳を離れて倫理界の外に超然と生息するわけには行かない。道徳を離れることが出来なければ、一見道徳とは没交渉に見える浪漫主義や自然主義の解釈も一考して見る価値がある。この二つの言葉は文学者の専有物ではなくって、貴方方と切り離し得べからざる道徳の形容としてすぐ応用が出来るというのが私の意見で、何故そう応用が出来るかというわけと、かく応用された言葉の表現する道徳が日本の過去現在に興味ある陰影を投げているというという事と、それからその陰影がどういう具合に未来に放射されるであろうかという予想と——まずこれらが私の演題の主眼な点なのであります。》

ここでは「昔の道徳」、すなわち「維新以前の道徳」と維新以後の「道徳」とを比較して説明している。「儒教」を「規範」とする徳川時代では、「完全な一種の理想的の型」を立て、それに向かって人びとは努力する。その結果において、「製錬した忠臣なり孝子なり」あるいは「貞女」を目標とした。従って、この「規範」からはみ出した「個人」に対する「倫理上の要求は随分過酷なもの」で、「非常に厳格な態度」で命に関わる問題となる。切腹によって「申訳」をするような事態となるのである。

近年の文芸の世界、例えば「浪漫主義」「自然主義」を例に、漱石は独自の「道徳論」を展開する。前者では、登場する「人物の行為心術が我々より偉大」、また「公明」であり、「感激性に富んでいる」などして、「読者が倫理的に向上遷善の刺激を受ける」という特色を指摘し、また、後者の「人間の弱点」を強調する「自然主義」では、「人間本来の真相」を描き、読者は自らに照らして首肯するという特色があるという。

漱石によれば、明治以前の道徳は「浪漫的道徳」であり、明治以後は「自然主義的道徳」である。我が国の「道徳」は、「浪漫主義」から「自然主義」へと移行したのであり、近代の社会の変化や、科学の進歩は「個人主義」の発展を押し進め、その結果において「道徳も自然個人本位として組み立てられ」、自我を根底とする「道徳」が成立したと理解する。徳川期の「規範」としての「道徳」は、ある意味で「浪漫主義」の目指す「理想主義」であり、明治期の「自然主義的道徳」は現実に即した個々の存立を基盤とした「道徳」ということになろうか。

漱石は、「道徳」の内実の変遷を、文学の理念に喩えて説明したが、基本にあるのは厳格な社会組織から「個」を解放する「道徳」の樹立であった。それを「漱石もまた自然主義道徳と同じ近代個人主義思想に出発していた」（瀬沼茂樹）と捉えることができるが、漱石の語りかけは、常に現実を見据えて実感に基づいているので説得力がある。総てはみずからの体験から発せられた「思想」であり「観念」からの理論ではない。

（v）「私の個人主義」（大正三年十一月二十五日、学習院）

関西での講演から三年後、すなわち大正三年十一月の晩秋、漱石は学習院で講演をおこなった。直前の九月中旬、長編小説『こころ』（大正三年）の完成後、漱石は四度目の胃潰瘍を患い、約一か月を病臥に伏した。「私の個人主義」は、彼のロンドン留学中の体験から語り始められるが、『こころ』のテーマである近代知識人の「エゴイズムと罪の意識」の葛藤と、その解消の過程が底流にある。

彼の煩悶は、英文学を専攻した学生時代、詩や文章の朗読や作文の作成、詩人の生涯などを教わったが、「第一文学とはどういうものだか」理解出なかったというところに起因する。ロンドンに留学してどうだったか。そこでは、「西洋人のいう事だといえば何でも蚊でも盲従して威張った」り、「無暗に片仮名を並べて人に吹聴して得意がる」風潮があった。それを漱石は「人の借着をして威張っている」と捉え、そこから「浮華を去って摯実に就く」ことの大切さに気付いたのである。つまり、「私が独立した一個の日本人であって、決して英国人の奴婢でない」という自覚である。

その体験から、漱石は「自己本位」の立場に目覚め「文学とは何か」を見極めようとしたのである。これまでの「他人本位」の立ち位置を転換し、自己の「生涯の事業」を追究しようとする自覚が生じた。それこそが、彼の「霧の中に閉じ込められた孤独」からの解放であり、この場合の「生涯の事業」とは、彼の「文芸」を「新しく建設する」ことだったのである。それが、若者たちへの「生甲斐のある生涯」への指針となっている。

講演の後半では、「個性の発展」を述べるにあたり、「権力」「金力」を問題にし、「自分の幸福のために自分の個性を発展して行くと同時に、その自由を他にも与えなければ」ならないと説く。「権力」を用い、「金力」によって、自分の考える「個性」を他人に押し付けるものではない。つまり、「個性」とは「自己本位」から芽生えるものであるが、その「背後に人格というもの」がなければならないというのである。

すなわち、「個人主義というものは」「他の存在を尊敬すると同時に自分の存在を尊敬するというのが私の解釈なのです」と説く。「党派心」ではなく、「理非がある主義」であり、「権力や金力のために盲動しない」ということだと重ねて説明している。だからこそ、「我は我の行くべき道」を行かねばならず、一人ひとりは「淋しいのです」という。みずからの尊厳を守ることの「淋しさ」を説く漱石の心の裡は、あのロンドンでの留学体験から来ているであろう。

学習院の学生を前に、恵まれた「権力」や「金力」が、いたずらに強要のための手段として利用されないように警告もしている。漱石のいう「個人主義」とは、個々の「幸福」への道筋を述べたもので、それは他人に対する「尊重」、みずからの負う「義務」「責任」によって成り立つが、その背後には「人格」「倫理」が存在しなければならないことを説明している。その「幸福論」は、「安住の地位をうるため」に発展させる道であったが、それは個々の「人格」の完結をめざす「道」でもあったのである。

（四）佐藤春夫の「風流」観――〈原郷〉としての熊野――

佐藤春夫『熊野路』（小山書店、昭和十一年）の「はしがき」の冒頭に、次のようにある。執筆は「昭和乙亥歳暮」とあるから、昭和十年の暮れに書かれたものであること、またその内容から、彼が四十三歳の時に、これまでの人生を懐古したものであることがわかる。

不肖春夫若年にして立てた志は浅く早く膝下を去つて都門に文を売り米塩に代へて二十余年、先年既に不惑の齢を越えて志は未だ成らぬ。古園を慕ふの情は年年転《うた》た切なるをおぼえる折から、曾祖父翁が遺稿を得たのでこれが小解に託して古園の山色と潮声とを語つて且つは徒然を慰め且つは越年の策とせんと禿筆《とくひつ》を一呵した。流寓の小文庫は参考の資料に乏しく他郷には問ひて故園に関する疑を解くべき古老をも見出し難い。

（愚かな自分が、青雲の志を抱いて親元を離れてから、既に二十余年が過ぎた。その間、売文によって生計を立てては来たが、未だ志を果たしたとはいえず、不惑を過ぎて故郷を追懐する気持ちが年々募ってくる。そこで、曾祖父の遺した「木挽長歌」を訳してみようと思い立った。流浪の身であった寓居には、参考にすべき資料はなく、また疑問に応えてくれる古老もいない。そこで、思い切って自分流にそれを解釈してみようと思ったのである。）（大意＝筆者）。

佐藤春夫がここに解釈を試みた「木挽《こびき》長歌」とは、曾祖父縣泉堂椿山《ちんざん》翁の遺稿である。彼によれば、その長歌は翁が反復して自ら口吟しつつ口授したものであり、春夫の父豊太郎が四歳の時の記憶に残っていたものであった。それが、後に故翁の篋底から未定稿の形で発見され、さらに他人の手によって浄書された。それが決定稿となったものである（『熊野路』十五頁）。椿山は本名を佐藤百樹《もも き》といい、医を業とし私塾「懸泉堂」を経営していた。今も残る懸泉堂は江戸時代の建築で、佐藤家と、寺子屋の屋号として使用されていたのである。赤く塗られた洋館部は、大正十三年（一九二四）に増築したものので、佐藤春夫が帰省した時、西村伊作に設計を依頼して完成した。場所は那智勝浦町下里八尺鏡野《やたがの》。近くには、佐藤家代々の墓所がある。

さて、椿山の遺稿を基に、佐藤春夫は「熊野人」の生活ぶりを「漁者」と「樵者」とによって表現する。「漁者」とは海の生活者であり、「樵者」とは山の生活者のことである。海の幸、山の幸が彼らの生活の方便《たずき》であった。かつて佐藤春夫は「田園の憂鬱」（大正七年頃）に「ずつと南方の或る半島の突端に生れた彼は、荒い海と嶮しい山とが激しく咬み合ふその自然の胸の間で人間が微少にしかし賢明に生きてゐる小市街の傍を、大きな急流の川が、その上に筏を長長と浮べさせて押合ひながら荒荒しい海の方へ犇めき合つて流れて行く」風景を描写し、それを「クライマックスの多い戯曲的な風景」と表現した。当時住んでいた「武蔵野」の「丘」と「空と雑木原」などは「実に小さな散文詩であった」と表現している。

今、佐藤春夫は椿山の遺稿を頼りに、その歴史・風土・生活を改めて理解しようとしている。それは、故郷熊野の歴史の変遷を辿り、「自然」と「人事」というふたつの概念が、彼のなかで自覚的に捉えられる瞬間でもあった。具体的には、熊野は「人間が自然と闘ひながらも特別の恩寵を受けて生きてゐる」場所であったという自覚である。「木の国の　熊野の人はかし粉《こ》くて　このみこのみの　山ずま居」で始まる「木挽長歌」は、縁語や掛詞を駆使しながら、往時の生活者の「賢さ」をまず謳いあげている。

実は、西行の伝承歌に「紀のくにの熊野の人はかしこくてこのみこのみに世をわたるかな」（『紀伊国名所図会』熊野篇　巻之二）が知られている。熊野の人の「賢さ」を木の実の「樫の実の粉」に掛けて表現したもので、人々は樫の実から採った粉を食しているという。西行が三熊野に詣でたとき、小口村の宿の女将が「樫の実の飯」をもてなしたのを詠んだとされる。場所は現在の熊野古道大雲取《おおくもとり》の近くにあった宿でのこと。『山家集』には「雲取や志古の山路はさておきて小口《こぐち》が原のさみしからぬか」とある。「志古」とは、大雲取と小雲取の間を流れる小口川の辺りを指すが、その近くの「小口が原」は山麓に挟まれた「田畑平坦」な地を言う。

また、紀州藩に仕えた加納諸平は藩命で熊野の奥地を踏査し、『紀伊続風土記』を編纂したが、彼の私家集『柿園詠草』には「山かつがもちひにせんと木の実つきひたす小川を又やわたらむ」が収録されている。この「小川」は、西行の見た「小口川」であったことが推測される。「小口村より出づる小川あり此れを小口川と云ふ、川上の遠山は大雲取なり」(『紀伊国名所図会』熊野篇　巻之二)。春夫は「諸平は熊野の人ではないが前後三回熊野踏破中に熊野の郷土詩人であるかの観がある」と記した。熊野の山の民は、古来木の実を粉にして渓流に浸して粉末にした後、それを餅として食したと記されている。

風流人であり歌人でもあった椿山は、幕末から明治維新直前の不穏な世相が、仙郷の地・熊野にも漂い始めるに至り、その経済事情や暮らしに思いを馳せた。六十代半ばのことであったという。そこには、山と海とを基盤とした人びとの暮しがあった。それを春夫は「漁者樵者」と表現したが、それは、俳人蕪村の「秋風や酒肆《しゅし》に詩うたふ漁者樵者」に因んだのである。春夫は蕪村にも強い関心をもっていた。なぜなら、佐藤春夫は「風流」について早くから関心を示し、蕪村の「風流」は「意志的なもの」が強すぎると批判していたのである。

そもそも佐藤春夫の考える「真の風流」とは、「風流的意企」つまり「人間的意志」を払拭したところにある。大正十三年の『新潮』(三月号)合評会の席上、論者の大方が風流は「意志的なもの」と考えるなかで、孤軍奮闘の彼は自説を展開し、それを契機に「『風流』論」(『中央公論』大正十三年四月)

を発表してみずからの考えを整理した。終戦直後に書かれた「風流新論――西行法師に就いて語る――」（『風流』第一輯、昭和二十一年九月）では、西行を通して先の「『風流』論」を補っている。

この中で、佐藤春夫によって見いだされた「西行法師」は、「風流は一つの道」であり、「生き方である」とする彼の持論の実践者であった。西行の旅と歌とを閲した佐藤春夫は、その人柄の魅力を「権勢や名望など區々たる世俗一切のもののためには生涯を捧げない」生き方にあるとした。そして、その根本において「自然と芸術と仏法とを三位一体」として体得し、「一切の世俗の約束を無視した」生き方に「西行法師」の「風流」を見出している。

ここにいう「実感に生きて観念に生きない人」こそ、佐藤春夫の「風流」だったのであり、佐藤春夫の「西行」は、あの「風流論」で思い浮かべた「ものゝあはれ」「無常美感」の体現者だったのである。西行は、確かに世俗の風習や権威におもねらずに世を生きた。崇徳天皇の御霊を鎮めるために流刑地の讃岐へ赴き、また東大寺の再建にあたり、鎌倉の頼朝に会い、平泉へ砂金供出の請願に出かけてもいる。これらの事績は、西行を知る重要な要素であり、何よりも当代の宮廷歌人の歌風から逸脱した自在な歌風が、その生き方を証明する。

椿山の「木挽長歌」は「もちも平だもねがあがり　おあしお金はつかみどり」と続き、やがて世間は贅沢華美の方向に向かってゆく風潮を描写する。そして、その末尾は「むかしの人は樫粉くて　あはれこのみは　あさもよし　木をくうて　世を渡るむしかも」で閉じられる。「あさもよし」（麻裳吉）は地名「紀」にかかる枕詞で、ここでは「木」にかかる。紀伊の国では、良質の麻裳を産したことが原義とされる（『延喜式《えんぎしき》』）。佐藤春夫は、「木を食べて世を渡る蟲」に見立てた古人の質朴と謙譲を称え、改めて老翁の考えに賛同したのである。

曾祖父椿山の遺稿に、佐藤春夫は「熊野」の原風景と、そこに生きる人びとの姿を発見した。かつて、「都」を目指した詩人の眼が、故郷熊野へと転じたとき、そこに「西行」の存在があり、心の空虚を埋めてくれる「風流」の〈原郷〉があった。それは、「木挽長歌」との出会いによってもたらされた大きな力であったといえる。

時は流れて、昭和三十九年（一九六四）十月十日、第十八回東京オリンピックの開催は、戦後の高度経済成長を促す社会現象として、国民の眼に映った。開会式には、佐藤春夫作詞「オリンピック東京大会讃歌」が、真っ青な日本の秋空に向かって高らかに唱和された。四連から成る詞章の冒頭を掲げる。「オリンポス遠きギリシャの／いにしへの神々の火は／海を越え荒野をよぎり／はるばると渡り来て／今ここに燃えにぞ燃ゆる／青春の命のかぎり／若人ら力つくして／この国の世界の祭」。

オリンポスの理想は、佐藤春夫によって高らかに謳いあげられたのであり、それは荒廃からの自立を果たした日本の象徴的な姿そのものでもあった。「この国の世界の祭」は、総ての世界の人びとにとって、そして、これからの人類の未来を担うべき「理想」の幕開きであったはずである。しかし、この「オリンピック東京大会讃歌」は佐藤春夫の遺書ともなった。

昭和三十九年五月六日、午後六時十五分に急逝。死因は心筋梗塞であった。享年七十二歳。その日は、敬愛する森鷗外の記念館創立世話人会に出席、帰宅後に朝日放送の「一週間自叙伝」の録音中であった。最後の言葉は「私は幸いにして…」であったという。この「讃歌」こそ、「人類の叡智」を信じて疑わなかった、詩人からの「応援歌」であったように思えるのである。当時の、日本人の共通した熱い思いを、現代のグローバル化された世界の只中に、投げかけてみたいと思うのは私だけだろうか。

（五）むすび

高野山の境内に佇む多くの文学碑は、一体何を語りかけているのか。また、私たちはそれらの碑文から、何を聴きとるべきなのか。数年来のコロナ感染の渦中、人目を忍んで私はしばしば高野山を訪ねた。それは、石楠花の咲く季節であったり、大門に映える夕陽の美しい季節であったりした。世界の不穏が、人の生死《いきしに》に関する情報が、絶え間なく聞こえてくる世に、そのことの意味をみずからに問いかけようとしていたのかも知れない。

人の生き方は、世相に反映する。二十一世紀を迎えた現代、特に息苦しく感じるのはなぜだろう。近代資本主義の世にあっては、経済が優先順位の上位に置かれ、金銭の多寡によって価値が決められる。「対価」という言葉をよく耳にするが、それは「質」を伴うだろうか。

私は「文学」あるいは「文学研究」を生業としてきたが、私にとっての「対価」とは、可能性を秘めた人間の未来を見つめることだったように思う。そもそも「有用なもの」とは、「実学」を意味し、明治二年の「公議所日誌」に「実才実学」が官吏登用の条件になっている。我が国の「近代」は、試行錯誤を重ねながら、発展してきた。しかし「民主主義」とは、個々の「人間」が成熟しなければ、それはいつまでも「未熟」のままであることになる。季節がくれば果実が成熟するように、人間もいつかは「成熟」するだろうか。

近年、空海や高野山を主題にした文学作品が、多く見られるようになった。それらを読む機会も増えたが、ここでは、明治初期からの「近代文学」を読み返し、時代と文学との関わりについて考えてみようと思った。その試みのひとつとして、夏目漱石と佐藤春夫の言説を検証しながら、空海の思想を思い浮かべたのである。近現代の文学を代表するこの二人は、なかでも特に「近代文明」に疑念を抱いた文学者であったからである。

空海の説く真言密教は、他者を否定したり、排斥したりはしない。異論を採り上げ、その異なる質の優位性を評価するのであって、排除することはない。異国の文化に敬意を抱きながら、それをみずからの体内で融和発展させようと努める。漱石も春夫も、彼らの言説は、そのような生き方を明示している。文学には、人間の成熟を期待させる力がある。

本稿は、令和五年二月十一日（土）、和歌山県立図書館（メディア・アート・ホール）で催された和歌山県文化表彰記念講演会資料「文明批評家としての、漱石と佐藤春夫――和歌山県の近代化と『文学』――」を基にしたものである。これまで御鞭撻・御指導を賜りました多くの皆様、わけても和歌山県文化学術課の関係者の皆様に、衷心よりの謝意を捧げます。

◇参考文献〈順不同〉

弘法大師空海関係

蓮生観善編『弘法大師傳』（高野山金剛峯寺、昭和六年六月十五日発行）
『弘法大師空海全集・第二巻』（筑摩書房、昭和五十八年十二月十五日、初版発行）
『弘法大師空海全集・第六巻』（筑摩書房、昭和五十九年十一月三十日、初版発行）
『弘法大師空海全集・第八巻』（筑摩書房、昭和六十年九月十五日、初版発行）
『現代に密教を問う』〈高野山大学選書第三巻〉（小学館スクウェア、平成十八年九月二十日発行）
『現代に生きる空海』〈高野山大学選書第五巻〉（小学館スクウェア、平成十八年十二月二十一日発行）
高木訷元・岡村圭真編『密教の聖者　空海』（吉川弘文館、平成十五年十一月一日発行）
頼富本宏・永坂嘉光『空海の歩いた道』（小学館、平成十五年十一月一日発行）
頼富本宏監修『図解雑学空海』（ナツメ社、平成十五年十月二十七日発行）
頼富本宏『空海と密教―「情報」と「癒し」の扉をひらく―』（吉川弘文館、令和五年四月一日発行）
宮坂宥勝『空海―生涯と思想』（筑摩書房、平成十五年九月十日発行）
松長有慶『大宇宙に生きる　空海』（中央公論新社、平成二十一年十二月二十五日発行）
松長有慶『空海』（岩波新書・新赤版、令和四年六月十七日発行）

文学碑関係

本山桂川『旅と郷土の文学碑』〈全日本文学碑大成〉（新樹社、昭和四十一年二月十五日発行）
『和歌山県史　人物』（和歌山県、平成元年三月三十一日発行）
『紀州の文学碑・一二〇選』〈増補改訂版〉（和歌山県高等学校教育研究会国語部会、平成七年三月二十日発行）
高市志友他『紀伊国名所図会　三編』（臨川書店、平成八年三月三十日発行）
小滝圭三『高野ゆかりの文人たち』（平成四年四月二十日発行）
岩橋哲也『石童丸』〈少年少女たちのための物語〉（学文路苅萱堂保存会、平成十三年三月二十四日発行）
後藤重郎・校注『山家集』〈新潮日本古典集成〉（新潮社、昭和五十七年四月十日発行）
富山奏・校注『芭蕉文集』〈新潮日本古典集成〉（新潮社、昭和五十三年三月十日発行）
清水孝之・校注『與謝蕪村集』〈新潮日本古典集成〉（新潮社、昭和五十四年十一月十日発行）
半田美永『紀伊半島をめぐる文人たち』（ゆのき書房、昭和六十二年一月二十日発行）

事典（辞典）関係

岩本裕『日本佛教語辞典』（平凡社、昭和六十三年五月二十日発行）
増補改訂『新潮日本文学辞典』（新潮社、平成八年九月三十日、七刷発行）
浦西和彦・半田美永編『紀伊半島近代文学事典　和歌山・三重』（和泉書院、平成十四年十二月二十日発行）
※夥しい文献の中から、特に参考にさせて頂いた書物のみ掲げました。雑誌・小説類は割愛しました。また、和歌山県立博物館、三重県立図書館から貴重な御教示を賜りました。

あとがき

私たちの世代の多くは、今、子育ての時期も過ぎ、両親を見送り、後期高齢者（実に、嫌な表現だが）と呼ばれるようになった。夫婦二人で住む家庭も多くなったように思う。振り返れば、私たち団塊の世代は、厳しい「競争社会」であり、「受験戦争」という言葉が生まれ、レベルの高い大学への進学は、より良い生活が担保されるという神話が信じられた時代であった。私自身は、実利を目的としない「文学」を学問の対象とし、「教育」の現場においてそれを実践してきた。つまり、「人間」を見つめ、そのことを対象とした「教育」を生業としてきたのであった。

昭和五十三年四月に、進学校を目指して、和歌山市内に六年制の中学・高等学校が新設された。私は、開学当初から新入生が卒業するまでの六年間、教育に従事する御縁を頂いたが、当時の藤田照清校長が、「人を作って魂を入れるのを忘れるな！」と叱咤激励してくださったのを思い出す。ある日、松長有慶師をお迎えして、講話を拝聴する機会があった。この時にお聴きした「曼荼羅」という言葉が、宇宙を構成する神秘な図柄となって、私の記憶に残った。松長有慶師は、後に金剛峯寺四百十二世座主となられ、高野山大学学長も務められた。

その後、私は高野山や熊野の歴史・文化に関心をもち、古典や文学作品を読むようになった。平安末期の歌謡集『梁塵秘抄』は、『今昔物語』と並んで、当時の世相や民衆の心の動きを知る為の最良の教材である。そこには、「僧歌十三首」が収録（実際は十二首）され、その中に、次のような一首がある。

大師の住所はどこどこぞ　伝教慈覚は比叡の山　横川の御廟とか　智証大師は三井寺にな　弘法大師は高野の山にまだおはします。（引用は小学館『日本古典文学全集25』二七五頁）

この俗謡に注目したのは、「弘法大師は高野の山にまだおはします」という一節である。伝教大師（最澄）や智証大師（円珍）には「まだおはします」という表現が使われていない。

入寂後の空海は、醍醐天皇の御代になり、延喜二十一年（九二一）十月、東寺の観賢僧正の申請により「弘法大師」の諡号を賜った。この頃には、大師は高野山で人々を見守り救済の手を差し伸べておられるという「入定留身」の信仰が広まっていたことが『梁塵秘抄』から分かるのである。松長有慶師は「日本では仏教にいくつもの宗派があって、それぞれに開祖がおられます。しかし、それらの開祖である高僧の中で、現在、生きてわれわれを見守って下さるという信仰をもつ祖師は弘法大師に限られます。」（『大宇宙に生きる　空海』一二〇頁）としるしておられる。

私の生家は、西国三番で知られる粉河寺の近くにあり、母の実家も近い。お大師さんの井戸と呼ばれる下町の街道に沿って、休みになると母の里へよく遊びに出かけた。その街道沿いに真言宗総本山醍醐派の明王山空海院があり、御住職の園田長勲氏は、権少僧正一等吹螺師の肩書であった。私は、体調を崩し病院に行っても原因が分からないとき、園田師を訪ねて加持祈禱を受け、気さくに話しかけてくださるその時間を過ごすだけで、気持ちが楽になり、体力が回復したのを覚えている。私の「お大師さん」は、園田師のことであったかもしれない。父も母も逝き、園田師が長逝された今、「お大師さん」にお会いするためには、高野山に登るほかはない。「入定留身」の信仰は、私自身の中に生きているのだと思う。

＊

中学生の頃、子規俳句と出会い、その後も燻り続けていた俳句への思いは、後に「子規研究の会」で勉強するようになって、ようやく小さな火がついたようだ。それは、榾火のように私の心を温めてくれる。もとより素人の余技に過ぎないが、虚子の句を読み、稲畑汀子氏の逝去に出会い、その後を追うように急逝された黒川悦子氏、さらに畠中じゅん創刊の俳誌『杜鵑花《さつき》』を継承される坂上美果氏、菜穂子氏の生き方や作品から多くの刺激を受けて来た。

また、加藤楸邨に師事し、その人と作品を研究対象に、博士論文を書き上げた俳人の神田ひろみ氏は私と同窓であり、多くの著作を惜しげもなく分け与えてくださった。その上、連日のように、メールで試作を披露しあうことのできた永栄啓伸氏の存在も大きかった。生きているかぎり、これからも私は新しい世界に挑戦しようと思う。臆することなく、新しい世界の扉を開けて、歩んでこうと思う。旅を続けなければ、出会いも発見もないからである。

俳句をするとは、形のないものに向かって、瞬間の原型を掴み取る行為だと思う。〈生きる〉とは、一瞬の〈いのち〉を封じ込めることであり、〈いづる息いる息〉（『歎異抄』）の均衡が保たれたとき、俳句は生れるのではないかとふと思う。〈高野山〉を俳句によって表現しようと思い定めたとき、〈御山〉の原型を〈俳句〉によって単純化しようという試みが秘かにあったかもしれない。いかに誇りを招こうとも、それが私における高野山を学ぶことであり、弘法大師空海の教えに近づく方法であった。

炎天の空美しや高野山　虚子

この高野山奥の院に建てられた虚子の碑は、「第一回高野山俳句大会」に寄せた記念の句である。建立は、昭和二十六年六月十日。虚子は、生涯に何度も高野山を訪ね、随筆や小説を遺している。〈こなたへと法の高野の道をしへ〉〈月の坂高野の僧に逢ふばかり〉。昭和三十四年四月、八十五歳の虚子は、〈人の世の今日は高野の牡丹見る〉と詠んで歿した。その日は、釈迦誕生の日でもあった。

*

昭和五十九年（一九八四）四月六日、皇學館大学に専任講師として赴任するために、故郷を発ってから今年で四十年になる。実家を出発する際、子供たちの為に、玩具やお菓子を持てる限りに持たせて見送ってくれた両親。母校である赴任先には、当時の田中卓学長、国文学科主任の西宮一民教授が、私たちの到着を心待ちにしてくださっていた。事務局の中村利子さんが、住まいの手配や、子供たちの転学の世話一切をしてくださっており、私は、決められた教授会の日に出勤をすればよかったのである。

茫々と過ぎた四十年の流れの中に、多くの出会いがあり別れがあった。その間、私の身は伊勢の地にあり、心は先祖への思いと高野山にあったように思う。令和五年（二〇二三）は、弘法大師空海御生誕一二五〇年、この記念の年に本書を纏めることの出来た奇縁を、有難く思う。
最後に、才乏しき我が身を振り返り、今日までを支えて頂いた多くの皆様、特に「子規研究の会」「松山子規會」「国際熊野学会」の諸先生方や会員諸氏、とりわけ研究と調査のため、いつも環境を整えてくれた妻への感謝を忘れてはいない。
本書の出版にあたり、此度も和泉書院・廣橋研三氏に御高配を賜った。出版事情の極めて厳しいなか、斯道のために御尽力くださる氏に対して深い敬意を捧げます。

令和五年十月、木犀の薫る日。

半田美永

著者略歴

半田美永（はんだ・よしなが）

1947年８月、和歌山県に生れる。和歌山県立那賀高等学校を経て、1973年３月、皇學館大学大学院修士課程修了、1978年３月、皇學館大学大学院文学研究科博士課程単位取得満期退学（国文学専攻）。2003年９月、「佐藤春夫研究」で博士（文学）取得。

職歴　1973年５月、講談社版『子規全集』編纂の為に上京。1978年４月、帰郷後、智辯学園和歌山中学・高等学校教諭（国語科主任）。1984年４月、皇學館大学文学部国文学科専任講師に就任、助教授、教授、特別教授を経て、2018年３月、定年退職。現在皇學館大学名誉教授。中国河南大学客座教授（2009年３月）、河南師範大学客座教授（2010年12月）。専攻は国文学（近・現代文学）、日中比較文学・文化。

1971年３月、皇學館大学総長賞。2021年11月、和歌山県文化功労賞。

単著　『近代作家の基層―文学の〈生成〉と〈再生〉・序説―』（和泉書院、2017年）
『有吉佐和子論―小説「紀ノ川」の謎―』（鳥影社、2021年）
『子規のうたごゑ』（和泉書院、2022年）等。

共編著　『日本俳句入門』（上海世界図書出版公司、2020年）他、多数。

歌集　『帰郷―新たなる出発のために』（教育出版センター、1979年）、『中原の風』（短歌研究社、2008年）等。

役職　松山子規會相談役、子規研究の会（東京）会長、国際熊野学会常任委員等。

俳句の径　高野山

2023年12月21日　初版第一刷発行

著　者　半田美永

発行者　廣橋研三

発行所　和泉書院

〒543-0037　大阪市天王寺区上之宮町７-６

電話 06-6771-1467／振替 00970-8-15043

印刷・製本　遊文舎

装訂　仁井谷伴子

ISBN 978-4-7576-1081-1 C1095　定価はカバーに表示

©Yoshinaga Handa 2023　Printed in Japan

本書の無断複製・転載・複写を禁じます

半田美永著

俳句の径　高野山

■四六並製・一五二頁・一九八〇円

◆空海生誕一二五〇年

空海は、優れた詩文を遺した。著者はその生涯と言葉を、俳句によって読み解こうとした。明治以降の〈脱亜入欧〉の思想を、容易に受容することを拒否する〈高野山〉。〈文学〉の視点から、〈近代〉を問い直す。自詠句二六三句を収める。

子規のうたごゑ

■四六並製・一七六頁・二二〇〇円

◆子規短歌の本質に迫る

二十代後半に『子規全集』の編纂に関与した著者は、和田茂樹教授の下、子規資料の分類と解析の指導を受けた。当時を回想し、またその後の歩みから湧き出た思惟を綴り、子規短歌の本質に迫ろうとした記念碑的な一書。

和泉書院

（価格は 10%税込）

紀伊半島近代文学事典 和歌山・三重　浦西和彦・半田美永 編　四一八〇円

丹羽文雄文藝事典　秦昌弘・半田美永 編著　五五〇〇円

劇作家 阪中正夫 伝記と資料　半田美永 著　品切

証言 阪中正夫　半田美永 編　三〇八〇円

阪中正夫文学選集　半田美永 編　五五〇〇円

伊勢志摩と近代文学 映発する風土　濱川勝彦 監修・半田美永 編　一九八〇円

近代作家の基層 文学の〈生成〉と〈再生〉・序説　半田美永 著　五五〇〇円

（価格は 10％税込）

―和泉書院―